Chair de poule®

MONSTERLAND

SAISON 2

Titre original
GOOSEBUMPS MOST WANTED SPECIAL EDITION
Zombie Halloween

Illustration de couverture © Steve Scott et Brandon Dorman
© 2014 Scholastic Inc.
Cet ouvrage a été proposé à l'éditeur français par l'agence
EDITIO DIALOG, Lille.

Coordination éditoriale : Céline Potard
Chair de poule, Monsterland et les logos
sont des marques déposées de Scholastic Inc.
La série Chair de poule a été créée par Parachute Press Inc.
et publiée avec l'autorisation de Scholastic Inc.,
557 Broadway, New York, NY 10012, États-Unis.

Loi n° 49-956 du 16 juillet 1949
sur les publications destinées à la jeunesse.
Dépôt légal : octobre 2021

ISBN : 979-1-0363-1898-6

Imprimé en Espagne par Novoprint

PEFC PEFC/14-38-00277

R. L. Stine

Chair de poule®

MONSTERLAND

SAISON 2

Les zombies d'Halloween

Traduit de l'anglais (États-Unis)
par Anne Delcourt

bayard jeunesse

Avertissement

Que tu aimes déjà les livres
ou que tu les découvres,
si tu as envie d'avoir peur,
Monsterland est pour toi.

Attention, lecteur !

Tu vas pénétrer dans un monde étrange
où le mystère et l'angoisse te donnent rendez-vous
pour te faire frissonner de peur… et de plaisir !

Bienvenue à Monsterland, faites comme chez vous !

Entrez, entrez ! Je suis R. L. Stine. Bienvenue au bureau de Chair de poule !

Je suis ravi que vous ayez pu passer au-dessus de la clôture en barbelé. Ne vous en faites pas, d'ici une heure ou deux, vos coupures ne saigneront plus.

Pourquoi le barbelé ? me demanderez-vous. Tout simplement pour empêcher l'abominable homme des neiges de s'échapper. C'est curieux que vous ne l'ayez pas vu. Tiens, le voilà qui arrive juste derrière vous. Vite, entrez et refermez la porte ! Croyez-moi, ce n'est pas pour rien qu'on le dit « abominable ».

Non, non, n'ayez pas peur d'Eddie. Un beau matin, il s'est simplement réveillé mort de fatigue. Mais *vraiment* mort. Eh oui, Eddie est un zombie.

Mais il n'aime pas beaucoup ce mot. Il préfère dire qu'il est « handicapé de la vie ».

Il n'est pas embêtant du tout. Il lui suffit d'un repas de chair humaine une fois par jour. Inutile de vous affoler, il vient de prendre son petit-déjeuner.

Qu'a-t-il mangé ce matin, au fait ? Je n'y ai pas prêté attention. Mais je n'ai pas vu mon frère de la matinée...

Enfin. J'ai une petite question à vous poser avant l'heure de son prochain repas. À votre avis, quelle est la fête la plus attendue ?

Vous avez tout à fait raison, c'est Halloween. Le soir le plus amusant de l'année. Et parfois, le plus effrayant.

Le jeune Kenny Manzetti, que voilà, peut vous parler de son dernier Halloween.

Il a déménagé récemment dans une vieille maison sinistre qui avait l'air de sortir d'un film d'horreur. Sa sœur Tricia et lui refusaient de croire à toutes les histoires qu'on leur racontait sur cette demeure. Ils ont décidé d'y organiser une soirée d'Halloween pour faire connaissance avec les enfants du quartier. Mais certains de leurs invités leur ont réservé une petite surprise...

Il faut vous dire qu'ils habitent en face d'un cimetière. Or, des gens qui sont enterrés là — d'affreux zombies à moitié pourris — ont décidé de transformer cette fête en Halloween des zombies.

Première partie

1944

1

Je regardais ma nouvelle maison et un frisson m'a parcouru le dos. Sa peinture gris foncé s'écaillait. Ses volets noirs pendouillaient aux fenêtres incrustées de poussière.

Sous le toit en pente, l'une des vitres du grenier avait été remplacée par du carton. Lorsque le vent s'y glissait, on l'entendait mugir tout là-haut. On aurait cru que quelqu'un criait.

J'aurais bien crié aussi.

– C'est une maison hantée, ai-je dit, consterné, à mon amie Ivy. Elle serait plus à sa place dans un film d'horreur.

– Ta mère va la faire nettoyer, Mario, m'a rassuré Ivy.

Je ne la connaissais que depuis une quinzaine de jours. C'était la seule amie que je m'étais faite à Franklin Village depuis mon arrivée. Elle était toujours de bonne humeur et ne voyait que le bon côté des choses.

Je le lui ai dit.

– C'est toujours mieux que d'être du genre à hurler les nuits de pleine lune, m'a-t-elle répondu.

Drôle de remarque.

Ivy disait souvent des choses un peu étranges. Mais je l'aimais bien. Elle était trop mignonne. Elle avait douze ans, comme moi, et elle était toute petite, avec un menton et un nez pointus. Elle me faisait penser à un elfe d'un album que ma mère me lisait quand j'étais petit.

Elle avait des cheveux blonds coupés court et des yeux verts, et elle portait presque toujours le même pull vert, avec un col blanc à dentelle. Ça devait être son préféré parce qu'il allait bien avec ses yeux.

– J'ai eu un mal fou à m'endormir hier soir, ai-je repris. J'entendais des bruits au-dessus de moi, *tap tap tap*. Il y a des souris dans le grenier.

– *Tap tap tap*, c'est toujours mieux que *bam bam bam*, a déclaré Ivy.

Ça m'a fait rire.

Je me suis éloigné de la maison. J'avais de la peine pour ma famille, obligée d'habiter dans une vieille ruine aussi sinistre et délabrée. Mais on n'avait pas vraiment le choix.

Mon père faisait la guerre en Allemagne, et ma mère devait travailler dans deux usines différentes pour avoir de quoi nous faire vivre. Je ne la voyais presque jamais.

– C'est toi, le chef de famille, maintenant, Mario, m'avait-elle annoncé le jour de notre emménagement. C'est une période difficile pour tout le monde. Et ronchonner ne va pas aider.

– Ronchon, c'est mon deuxième prénom. Je suis Mario Ronchon Manzetti, lui avais-je répondu.

J'avais dit ça pour la faire rire. Je la voyais rarement sourire à cette époque, et elle avait des cernes sous les yeux que je ne lui avais jamais vus avant.

Elle avait rejeté ses cheveux noirs en arrière.

– Promets-moi de faire des efforts.

J'avais levé la main droite et juré.

– On peut s'estimer heureux d'avoir une maison, tu sais, avait-elle ajouté.

– On est heureux, avais-je répété.

Elle avait tiré sur le blouson d'aviateur en cuir marron que j'aimais bien porter parce que ça me donnait l'air d'un gros dur.

– Ce blouson va bientôt être trop petit, Mario.

– À partir de demain, j'essaie d'arrêter de grandir.

J'avais rentré le ventre et plié les genoux et, enfin, elle avait ri.

Et maintenant, Ivy et moi, on était devant la maison, dans les rafales du vent d'octobre. De grosses feuilles mortes tournoyaient autour de nos chevilles.

– Enfin, le pire, c'est sans doute d'habiter en face d'un cimetière, ai-je ajouté.

Ivy a enfoncé un doigt dans mes côtes.

– Il a peur des cimetières, le petit Mario ? m'a-t-elle taquiné d'une voix chantante.

– Pas du tout, ai-je répliqué en enfonçant le doigt dans *ses* côtes. C'est juste déprimant.

– Ah, tout de suite les grands mots. Bon, tu habites dans une maison hantée en face du cimetière. Où est le problème ?

Pour être franc, j'avais peut-être quand même un peu peur. Je ne suis pas un vrai dur. Parfois, la nuit, je fais des cauchemars, et je me réveille en sueur et tout tremblant. Et je ne me suis jamais battu. Je m'arrange toujours pour éviter les bagarres.

Quand j'étais gamin, je jouais à Superman ou à Captain Marvel, les nouveaux héros de bande dessinée. Je mettais une serviette de toilette sur mes épaules, j'enfilais un slip par-dessus mon bas de pyjama et je courais partout en faisant semblant de sauter d'un bond par-dessus les gratte-ciel.

Et j'étais persuadé qu'il existait vraiment des gars en cape et en collant dotés de superpouvoirs, qui combattaient les méchants et protégeaient tout le monde. Puis mon père est parti à la guerre, alors j'ai dû grandir un peu et oublier toutes ces histoires de bande dessinée.

Soudain, Ivy a traversé la rue en affrontant les bourrasques.

– Hé, attends-moi ! ai-je crié. Où tu vas comme ça ?

Mais je voyais parfaitement où elle allait : au cimetière. J'ai couru derrière elle.

Nous nous sommes mis à serpenter parmi les tombes. Les feuilles mortes crissaient sous nos pas. Le vent faisait gémir les vieilles pierres tombales penchées tout de travers.

– Si on allait s'acheter des bonbons ? ai-je proposé.

J'ai désigné la petite épicerie du coin de la rue, de l'autre côté du cimetière.

– J'ai de l'argent sur moi. On pourrait faire des stocks de guimauve et de bâtons de réglisse.

– Ma mère ne veut pas que je grignote en dehors des repas, a objecté Ivy. Tu n'aimes pas te promener ici ? Certaines de ces tombes sont très anciennes, tu sais...

– En fait... je n'y étais jamais entré, ai-je avoué.

Le ciel s'est assombri tout à coup et de gros nuages de pluie se sont approchés à toute vitesse. Le vent secouait les branches des vieux arbres.

J'ai remonté le col de mon blouson d'aviateur en frissonnant et contemplé le cimetière. Il avait l'air *vivant*, avec toutes ces feuilles qui volaient partout.

– Regarde cette tombe, là-bas, m'a dit Ivy en pointant du doigt. Elle est toute petite. Tu crois que c'est un enfant qui y est enterré ?

Mais avant que j'aie eu le temps de répondre, mes yeux sont tombés sur quelque chose qui m'a coupé le souffle.

J'ai agrippé le bras de mon amie.

– Ivy… regarde ! Il y a un truc qui a bougé, là, près de cette tombe.

Nous avons plissé les yeux dans la lumière grise, et j'ai gémi en tremblant de tous mes membres :

– Oh noooon…

Quelqu'un était en train de sortir de la tombe.

2

J'ai serré très fort le bras d'Ivy. Toute de noir vêtue, la sinistre silhouette gardait la tête baissée. Contournant la haute pierre tombale, elle a tendu les bras devant elle et s'est mise à marcher droit sur nous, d'un pas raide et vacillant.

– Nooon. Oh, noooon, ai-je lâché à mi-voix, pétrifié.

Soudain, la créature titubante a relevé la tête, et j'ai hurlé :

– Anthony ! Espèce de crétin !

Mon petit frère a rejeté sa capuche en arrière en éclatant de rire. Son rire aigu ressemble à un cri d'hyène et me donne toujours envie de l'étrangler.

Mais je me suis contenté de le saisir par les épaules et de le secouer.

– Quel abruti ! Tu nous as collé une de ces trouilles !

Ça l'a fait rire encore plus fort.

Ivy aussi trouvait cela très drôle.

– Ah, il t'a bien eu, Mario !

– Moi ? *Moi ?* me suis-je écrié. Toi aussi, tu étais terrifiée, Ivy !

– Pas du tout. Je faisais semblant.

Le ciel était de plus en plus sombre et un coup de tonnerre a retenti au loin.

– Lâche-moi, tu me fais mal, a protesté mon frère.

Je ne m'étais pas rendu compte que je lui broyais toujours les épaules. Il m'a écrasé les orteils.

– OUILLE ! ai-je hurlé en reculant.

Anthony a rigolé de plus belle. C'est un vrai crétin. Il est toujours en train de me suivre pour essayer de me faire peur. Si je m'écoutais, je l'écraserais comme une mouche. Mais en tant que chef de famille, mon rôle est de le surveiller et de le protéger du mieux que je peux.

En réalité, je n'arrive pas à le détester complètement. En fait, on se ressemble beaucoup. On a les mêmes cheveux noirs épais et ondulés, le même visage rond, les mêmes yeux noirs, et on est tous les deux grands et assez baraqués.

– Venez voir ce que j'ai trouvé, a-t-il repris.

Et, me prenant par la main, il m'a entraîné sur le chemin herbeux qui serpentait entre les tombes.

Il y avait de l'humidité dans l'air. Le vent secouait les arbres et faisait danser les feuilles sur les vieilles pierres tombales.

– Regardez ! a dit Anthony.

Il pointait du doigt un trou profond dans la terre.

Ivy et moi l'avons fixé un moment.

– C'est une tombe ouverte, a-t-elle déclaré enfin.

Pris d'un nouveau frisson, j'ai rentré le cou dans mon blouson.

– C'est une tombe ouverte, qui attend quelqu'un, ai-je murmuré. Peut-être TOI !

Et j'ai saisi mon frère par les épaules.

– Ou quelqu'un qui s'appelle Mario, a-t-il répliqué en se dégageant, des étincelles dans les yeux. Je parie que t'es pas cap de sauter dedans.

J'ai examiné l'intérieur du trou. Il était profond. Et même dans la maigre lumière de ce sombre après-midi d'octobre, on voyait de gros vers gras et luisants sortir des parois de terre noire et ramper dans le fond.

Soudain, Ivy a éclaté de rire.

– Qu'est-ce qu'il y a de si drôle ? ai-je demandé.

– Ta tête ! Tu as l'air totalement horrifié ! C'est juste un trou, Mario !

– Pas du tout. Quelqu'un l'a creusé pour qu'on y mette un mort. Ce n'est pas juste un trou, mais une tombe.

– Je savais que tu te dégonflerais, dit mon frère. Je suis plus courageux que toi ! Je suis plus courageux que toi !

Il s'était mis à sauter sur place comme s'il avait remporté une grande victoire.

Se tournant vers moi, Ivy a plongé ses yeux verts dans les miens.

– Allez, vas-y ! m'a-t-elle soufflé. Tu ne vas pas le laisser gagner, si ?

J'ai de nouveau inspecté la tombe et regardé les vers qui rampaient dedans. C'était dégoûtant. Mais je ne connaissais pas Ivy depuis très longtemps, et je ne voulais pas qu'elle me prenne pour un lâche.

Alors je me suis approché du bord.

J'irai ? J'irai pas ?

Mais avant que j'aie pu décider, j'ai été poussé rudement par-derrière.

– Hé ! ai-je crié.

Et j'ai basculé dans le trou.

3

– Aïïïe…

J'étais tombé sur les coudes et les genoux, et le choc de l'atterrissage se répercutait dans tout mon corps.

Alors que je me relevais, l'odeur puissante de l'humus m'a empli les narines. Des mottes de terre collaient à mes mains.

J'ai brandi le poing vers Anthony.

– Espèce de traître ! ai-je crié. Tu me le paieras. Je suis sérieux, tu vas le regretter !

Mon frère a écarquillé les yeux.

– Mais… Mais je n'ai rien fait, Mario ! Je te jure ! Ce n'est pas moi !

– Menteur ! Sale menteur ! ai-je grondé en m'essuyant les mains sur mon jean. Tu m'as poussé !

– Je ne t'ai même pas touché ! m'a-t-il assuré.

– C'est vrai ! m'a crié Ivy pour couvrir le bruit du vent, qui lui fouettait les cheveux. Je le regardais justement à ce moment-là, et je peux te dire qu'il ne t'a pas poussé.

– Ah non ? ai-je fulminé. C'était qui, alors ? Je ne suis pas tombé là-dedans tout seul !

– Bah, sûrement un fantôme ! m'a répondu Ivy en riant.

Là-dessus, il s'est mis à pleuvoir. De grosses gouttes s'écrasaient bruyamment dans le fond de la tombe.

Je me suis frotté le dos, qui me faisait encore mal d'avoir été poussé aussi fort. Je ne crois pas aux fantômes. Anthony mentait, forcément. C'était lui, le coupable. En plus, c'est typiquement le genre de sale tour qui l'amuse.

La pluie frappait les parois du trou de plus en plus violemment.

– Maintenant, aidez-moi à sortir de là ! ai-je demandé. Vous voyez bien que je n'y arriverai pas tout seul. C'est super profond.

Ivy s'est penchée vers moi, les mains sur les genoux.

– Tu ne peux pas escalader la paroi ?

– C'est tout boueux. Ça glisserait trop.

– Viens m'aider, Anthony, a-t-elle demandé à mon frère.

Ils se sont penchés au-dessus de la tombe, j'ai tendu les bras et ils m'ont pris chacun une main pour me tirer. Presque aussitôt, des blocs de terre se sont détachés du bord.

– Nooooon ! a crié Ivy en se mettant à glisser.

J'ai reculé à la hâte et ils sont tombés tous les deux.

Mon frère a atterri sur ses pieds, tandis qu'Ivy s'est retrouvée le nez dans la boue.

– C'est pas possible, ai-je grommelé.

Je l'ai aidée à se relever. Elle a cligné plusieurs fois des paupières, un peu sonnée, et elle m'a souri.

– Je n'avais pas prévu de prendre un bain de boue aujourd'hui, a-t-elle déclaré. Regardez-moi, j'en ai partout. Maintenant, je sais quel effet ça fait aux cochons et aux hippopotames.

Qu'est-ce que je vous disais ? Elle ne perdait jamais sa bonne humeur.

– Moi, je ne suis pas franchement ravi, a murmuré mon petit frère.

– C'était ton idée de descendre dans cette tombe, lui ai-je rappelé.

Il a secoué la tête.

– Mon idée, c'était que tu y ailles, *toi*. Pas *moi !*

Il pleuvait de plus en plus fort, et le vent mugissait au-dessus de nos têtes.

Enfonçant les deux mains dans la paroi, j'ai cherché une prise pour essayer de grimper, mais la terre s'effritait.

Un éclair a zébré le ciel.

– Il faut qu'on se sorte de là, ai-je marmonné.

Et sans nous consulter, nous nous sommes mis à crier tous les trois à pleins poumons :

– À l'aide ! Au secours ! Il y a quelqu'un ? À l'aide !

4

Nous nous sommes vite fatigués à force de crier. De toute façon, ce cimetière était totalement désert. Nous n'avions pas croisé qui que ce soit dans les parages. En plus, personne n'aurait pu nous entendre par-dessus le vacarme du vent.

La pluie avait redoublé. J'avais les cheveux plaqués sur le crâne et je devais m'essuyer les yeux toutes les deux secondes pour y voir quelque chose.

L'eau froide s'infiltrait dans mes chaussures. En les regardant, j'ai vu que de grandes flaques s'étendaient à nos pieds. Des vers de terre rampaient sur mes baskets et commençaient à monter le long de mon pantalon.

Ivy s'est mise à sauter sur place, sans doute pour se réchauffer.

– On va bien trouver une solution, a-t-elle affirmé. Mario, fais-moi la courte échelle.

Elle s'est approchée, j'ai croisé les doigts pour qu'elle cale le pied dessus et je l'ai poussée vers le haut.

Elle s'est agrippée au bord du trou, mais la terre s'est encore effritée et Ivy a commencé à glisser. Tenant bon, je lui ai donné une nouvelle poussée. Cette fois, elle a réussi à trouver une prise et s'est hissée à l'extérieur avec un grognement. Elle a disparu de ma vue et je l'ai entendue pousser un cri de triomphe.

Puis son visage a reparu.

– Donnez-moi vos mains.

Tandis qu'Anthony me faisait la courte échelle à son tour, Ivy m'a tiré de toutes ses forces et m'a sorti de là. Puis, tous les deux, on a extrait mon frère de la tombe.

Nous étions trempés et couverts de boue. Le vent était glacial. Un nouvel éclair a sillonné le ciel, suivi d'un coup de tonnerre retentissant.

– Filons d'ici ! ai-je crié.

Et, baissant la tête pour nous protéger de la pluie, nous nous sommes élancés vers la sortie du cimetière.

Nous n'avons fait que quelques pas avant de nous immobiliser.

Des voix s'étaient mises à chuchoter. Des voix portées par le vent… derrière nous, devant nous, partout…

– Ce n'est que la pluie, ai-je déclaré.

Tous mes muscles s'étaient crispés. J'ai tendu l'oreille... et compris que ça ne pouvait pas être le vent.

J'entendais distinctement des mots :

– *Venez me voir...*

– *Venez, passez me rendre visite...*

– *Je me sens si seul...*

Des voix rauques et grinçantes. Était-il possible... qu'elles sortent des tombes ? Que... que les morts nous appellent ? Qu'ils nous implorent ?

Je me suis bouché les oreilles de toutes mes forces afin de faire cesser ces murmures, mais ils continuaient à résonner dans ma tête :

– *Venez, approchez...*

– *Je ne vous ferai pas de mal. Je suis si seul...*

Soudain, j'ai hurlé alors qu'une main s'abattait sur mon épaule.

5

Après avoir repris mon souffle, je me suis retourné brusquement.

– Anthony !

– Mais ce n'est pas moi ! a-t-il protesté en levant les mains d'un air innocent.

– Menteur ! Tu m'as attrapé par l'épaule !

Le saisissant par le col de son manteau, je me suis mis à le secouer.

– Je ne t'ai pas touché ! Je te le jure ! m'a-t-il assuré en se dégageant.

Ivy s'est interposée entre nous.

– Il dit la vérité, Mario. Arrête de te comporter comme un dingue ! Allez, on rentre.

Me comporter comme un dingue ? Je n'avais pas rêvé, pourtant. Les voix continuaient à murmurer autour de nous.

Quelqu'un m'avait poussé dans cette tombe, et quelqu'un m'avait touché l'épaule. Mais était-ce quelqu'un… de vivant ou de mort ?

Je me suis rendu compte que je tremblais de la tête aux pieds. Je n'avais jamais eu aussi peur de ma vie.

Nous nous sommes remis à courir. Une fois sortie du cimetière, Ivy a tourné dans la rue.

– Je rentre chez moi ! nous a-t-elle lancé sans s'arrêter. C'est trop glauque, ici ! Salut !

Après l'avoir suivie des yeux un instant, Anthony et moi avons foncé chez nous et monté quatre à quatre les marches du perron.

– Dire qu'on s'enfuit d'un cimetière hanté pour rentrer dans une maison hantée, ai-je grommelé.

– Notre nouvelle maison n'est pas hantée, a rectifié mon frère. Elle est vieille, c'est tout.

– Vieille et hantée, ai-je persisté.

J'ai tourné la poignée de la porte, mais elle restait coincée. J'ai dû forcer pour réussir à l'ouvrir. On a déboulé à l'intérieur, haletants et dégoulinants.

J'avais hâte de raconter à ma mère ce qui s'était passé, mais elle n'était pas encore rentrée du travail.

On a jeté nos vêtements trempés dans le panier à linge, on s'est séchés et on a mis des habits secs.

Ma mère avait laissé de la soupe à la tomate dans une casserole sur la plaque de cuisson en précisant combien de temps il fallait la réchauffer. J'ai déniché du pain dans le placard et préparé des sandwichs au fromage.

Puis on a mangé en silence à la table de la cuisine. Je n'arrivais pas à chasser de mon esprit la tombe noire et profonde, les vers, la boue, j'entendais encore les rugissements du vent et les murmures rauques. Tout cela passait et repassait dans ma tête comme les scènes d'un film d'horreur.

Anthony avait certainement les mêmes pensées terrifiantes. Ni lui ni moi n'avions envie de parler de tout ça.

Ivy est arrivée avant la fin du repas, vêtue d'un autre pull vert et d'une longue jupe noire. Elle a fini la soupe qui restait dans la casserole et mangé la moitié de mon sandwich au fromage.

– Les cimetières, ça creuse, a-t-elle expliqué, toujours aussi souriante.

– Ne parle pas de ça, ai-je grommelé.

– Vous n'auriez pas des biscuits ? a-t-elle demandé.

Elle a ouvert les placards et a fini par y trouver un paquet de sablés.

– Oh, des sablés ! J'adore ça ! Je pourrais manger le paquet entier.

On a tapé tous les trois dans les biscuits.

– Où travaille-t-elle, votre mère ? a demandé Ivy.

– Elle est secrétaire à l'usine de cartons.

– La mienne travaille au guichet de la banque.

– Et elle rapporte des échantillons à la maison, des fois ? a demandé Anthony le gros blagueur.

Ça nous a fait rire. Il faut avouer qu'il peut être très drôle… quand il n'est pas super pénible.

Mais j'avais toujours dans la tête la scène du cimetière. Pas moyen de penser à autre chose.

– C'était… C'était comme si le cimetière était *vivant !* ai-je bredouillé.

Ivy a posé le paquet de biscuits d'un air grave.

– Mon frère, Stan… Il est toujours plongé dans les bouquins. Un vrai rat de bibliothèque. Il vient de lire un livre sur les zombies.

– Les zombies ?

– Tu sais bien, Mario ! Les morts qui sortent de leur tombe. Et tout ce qu'ils cherchent, c'est de la chair humaine pour se nourrir.

– Miam ! a fait Anthony en mordant bruyamment dans un biscuit. La chair fraîche ! J'adore la chair fraîche !

– La ferme, ai-je riposté. Tu ne sais même pas ce que c'est.

– Si, je sais !

Et, d'un coup de poing, il a écrabouillé le sablé qu'il y avait sur la table devant moi.

– C'est malin ! ai-je crié. Mange-le, maintenant !

– Ça suffit, vous deux, a dit Ivy. Vous vous rendez compte ? Ce serait dingue qu'on ait entendu des zombies, ce matin, dans le cimetière… Tous ces murmures, vous ne croyez pas que…

– Arrête ! me suis-je écrié en me bouchant les oreilles.

Anthony a rigolé.

– Mon grand frère Mario a peur des zombies ! T'as la trouille qu'ils veuillent te *manger ?*

Et il s'est penché pour me mordre le bras.

– Hé, ça fait mal ! ai-je protesté.

Alors il a rejeté la tête en arrière et il a ri encore plus fort. Sale petit crétin. Je me suis tourné vers Ivy.

– Je ne crois pas aux zombies. Ni aux fantômes ni aux morts qui murmurent dans les cimetières.

Elle a haussé les épaules.

– N'empêche qu'on a entendu quelque chose. Et ce n'était pas juste le vent.

– Si on faisait un truc sympa ? me suis-je empressé de proposer.

J'avais hâte de changer de sujet. En vérité, j'étais terrifié, totalement terrifié. Et je ne voulais pas qu'Ivy s'en aperçoive.

Alors je me suis levé d'un bond.

– Si on allait écouter de la musique au salon ? Mon père a une chouette collection de disques de jazz.

Je les ai entraînés dans le couloir. Au bout, il restait une pile de cartons que ma mère n'avait pas encore eu le temps de vider.

Ivy s'est arrêtée à une porte pour regarder ce qu'il y avait derrière.

– Hé, super ! Vous avez une cave ! Il n'y en a pas chez moi. Vous êtes déjà allés voir ?

– Non, ai-je répondu. Pas encore.

– Si on allait l'explorer ? a-t-elle proposé en ouvrant grand la porte. Il y a peut-être un trésor là-dedans. Qui habitait ici avant vous ?

– Aucune idée, ai-je avoué en haussant les épaules. Je crois que la maison est restée vide pendant longtemps. Regarde-moi ça ! C'est une ruine, cette baraque.

Et je lui ai désigné les lattes du parquet cassées et la peinture qui s'écaillait sur les murs.

– Mario ne veut pas descendre à la cave, a chantonné Anthony. Il a trop peeeeur…

– La ferme, Anthony, ai-je riposté. Va jouer dans ta chambre, toi !

– Et toi, va te faire cuire un œuf.

– C'est bon, vous n'allez pas recommencer, nous a implorés Ivy. Venez, on va aller voir.

Et elle a commencé à descendre l'escalier.

Je n'avais aucune envie d'inspecter la cave. Anthony avait raison : j'avais la trouille. En fait, j'étais toujours secoué par notre aventure au cimetière. Mais avais-je le choix ? Non. Alors j'ai suivi.

J'ai pris une lampe torche sur l'étagère qui se trouvait dans un recoin et je me suis engagé dans l'escalier. Il était raide et étroit, recouvert d'une épaisse couche de poussière. Les marches craquaient et gémissaient sous nos pieds.

Le rayon de ma lampe a balayé le sous-sol. Il faisait de plus en plus frais à mesure qu'on descendait. Une odeur de renfermé flottait dans l'air.

Mon cœur battait à toute allure dans ma poitrine. À mi-chemin, je me suis arrêté, pétrifié par une pensée : « Cette maison est trop bizarre. Qui sait ce qu'on va découvrir d'horrible en bas ? »

6

Une fois dans la cave, on s'est arrêtés en restant collés les uns aux autres. Seul un petit rectangle clair se découpait par terre devant nous : la lumière qui venait du haut de l'escalier. J'ai promené ma lampe torche sur les murs nus.

– Ça pue ici, ai-je marmonné. Et il fait froid comme dans un frigo.

Ivy a fait quelques pas dans le noir.

– C'est plutôt grand. Et regardez, il y a plein de trucs qui traînent.

En éclairant l'endroit, j'ai découvert des colonnes de cartons, des piles de vieux journaux, une longue penderie dans laquelle étaient suspendus des vêtements à l'allure démodée, avec des jupes longues et des chemises ornées de dentelle. Même dans la pénombre, on voyait que les habits étaient tachés et mangés par les mites.

Ivy s'est approchée de la penderie et Anthony a pris un vieux magazine sur une pile. Le papier est aussitôt tombé en poussière dans sa main.

– Ça a mille ans, ces trucs, a-t-il observé.

– Quelqu'un a laissé tout ça ici il y a très longtemps, a confirmé Ivy.

– Il faudrait des semaines pour tout vider, ai-je observé en promenant ma lumière en cercle.

Ivy s'est penchée pour prendre des boîtes dans un grand panier en osier.

– De vieux jeux de société ! Il y en a peut-être des sympas !

Mais presque aussitôt, elle les a reposés vivement avec un air dégoûté.

– Beurk, ils sont tout moisis ! Et l'odeur est atroce.

– C'est vrai, ça sent la viande pourrie ici, ai-je signalé en plissant le nez. D'où ça peut venir ?

– Il y a peut-être une bestiole crevée quelque part, a suggéré Anthony.

En passant le rayon de la torche par terre, j'ai vu mon frère ramasser par la queue une souris sans tête et à moitié décomposée.

– Mais t'es dingue ! me suis-je exclamé. Lâche ça tout de suite !

Il s'est mis à la balancer devant lui, un sourire diabolique sur le visage.

– Attention… attrape ! a-t-il lancé en la jetant sur moi.

J'ai voulu l'éviter, mais trop tard. La souris m'a touché à la poitrine.

J'ai reculé en vacillant et ma torche est tombée sur le sol en ciment.

Anthony a lâché son horrible rire d'hyène.

Et là, j'ai pété un plomb. J'ai ramassé la lampe et, avec un grondement féroce, je me suis jeté sur lui.

Il s'est recroquevillé comme si j'allais le frapper, mais je n'aurais jamais fait une chose pareille à mon petit frère. Je me suis contenté de le pousser en arrière d'un grand coup d'épaule.

– Nooooon !

Perdant l'équilibre, il a heurté une tour de cartons, qui s'est écroulée sur lui.

J'ai arrêté de respirer en voyant un énorme carton l'aplatir comme une mouche. Seul son bras dépassait. Il ne bougeait plus. Il n'émettait pas un son.

Tandis que je restais pétrifié d'horreur, Ivy s'est précipitée pour s'agenouiller à côté de lui.

– Tu l'as écrasé ! Mario, tu as écrasé ton petit frère !

7

– Nooon ! Oh, non ! ai-je crié d'une voix étranglée.

Et j'ai plongé à mon tour à côté de mon frère, inerte sous le carton.

Soudain, on a entendu un gloussement.

Ivy et moi, nous nous sommes regardés en clignant des paupières. Puis j'ai repoussé le carton, qui a pratiquement volé dans les airs, léger comme une plume.

Anthony s'est assis, un grand sourire sur le visage.

– Vous avez eu peur ?

Il s'est relevé en riant avant que j'aie pu lui balancer un coup de poing.

– Tu nous as foutu une trouille bleue, espèce d'abruti, ai-je grondé, le cœur battant toujours à toute vitesse.

Mais il n'a fait que rire de plus belle.

J'ai ramassé le carton. Il était vide et n'aurait pas pu écraser une fourmi.

– Bon, on peut remonter, maintenant ? ai-je dit à Ivy.

Mais elle fixait quelque chose par terre sans m'écouter.

– Qu'est-ce que c'est que ça ? a-t-elle demandé en tendant l'index.

J'ai braqué ma lampe sur le point qu'elle me montrait, et mis quelques secondes à distinguer les contours de l'objet.

– On dirait une sorte de poignée, ai-je fini par répondre.

Ivy s'est accroupie pour l'examiner de plus près.

– Une poignée dans le sol ? C'est bizarre, non ?

Anthony et moi nous sommes accroupis à notre tour.

– Il y a une trappe, regardez ! ai-je déclaré. Une trappe dans le sol.

Anthony a saisi la poignée.

– On n'a qu'à l'ouvrir pour voir ce qu'il y a là-dessous.

– Non, attends, ai-je dit en essayant de le retenir. On ne sait pas ce que…

Trop tard. Il l'avait relevée en entier, à la verticale.

Nous avons fixé un moment le trou noir. Je voyais seulement une échelle de corde qui descendait dans l'obscurité.

– Une cave sous une cave, a murmuré Ivy. Étrange.

– Anthony, on n'a aucune idée de ce qu'il peut y avoir là-dedans, ai-je insisté.

Ivy s'est penchée au-dessus de l'ouverture.

– On n'y voit rien du tout, d'ici.

– Venez, on va regarder, a décidé mon frère.

Et déjà, il s'était glissé dans le trou pour saisir l'échelle de corde.

– Anthony, non ! ai-je crié.

Mais vous croyez qu'il lui arrive de m'écouter ?

J'ai encore essayé de le retenir, mais il avait déjà commencé à descendre. On ne distinguait plus que sa tête et ses épaules.

– Allez, venez ! nous a-t-il lancé. Suivez le chef !

Puis il a disparu.

– Qu'est-ce qu'on fait ? ai-je demandé à Ivy.

– C'est une nouvelle aventure, non ? Comment peux-tu résister à la découverte d'une pièce secrète sous un sous-sol ?

– Oui, enfin, une petite minute, ai-je répondu en jetant un coup d'œil dans le trou. Anthony ! Anthony ?

Ma voix a résonné quelque part en bas. Je n'y voyais strictement rien. J'ai passé le rayon de ma lampe à l'intérieur.

– Anthony, où tu es ? Hé ! Je ne te vois pas ! Où tu es ? Reviens !

Mais même en éclairant tous les recoins avec la lampe torche, il n'était nulle part. Mon cœur s'est remis à me marteler la poitrine. Un frisson glacé m'a donné la chair de poule.

– Anthony ? Réponds-moi !

Soudain, un hurlement de terreur a retenti loin, tout au fond.

– Aidez-moi ! À l'aide ! À l'aide ! Il me tient ! Il me *tient !*

J'ai regardé Ivy en levant les yeux au ciel.

– Il va nous la faire combien de fois, sa blague idiote ?

– Moi non plus, je ne le crois plus, a-t-elle acquiescé. C'est du bidon.

– Ça ne marche plus, Anthony ! ai-je crié. Laisse tomber. Arrête d'essayer de nous effrayer et remonte !

Silence.

Ivy a mis les mains en porte-voix pour lancer à son tour :

– Anthony ? Ça ne nous fait pas rire du tout ! Allez, reviens !

Silence.

– Anthony ? ai-je repris d'une voix aiguë. Anthony, s'il te plaît, réponds !

8

Ivy et moi avons attendu, les yeux fixés sur l'obscurité. Le silence me faisait mal aux oreilles.

Enfin, Anthony a ressurgi dans la lumière et nous a regardés avec un grand sourire.

– C'est vrai, ce mensonge ? Vous n'avez pas eu peur ?

– C'est parfaitement vrai, ai-je confirmé. Tu nous as fait le coup trop souvent. Allez, sors de là, maintenant.

– Non, non, c'est vous qui devez venir. C'est assez étrange, en bas.

– Étrange ? Comment ça ? a demandé Ivy.

– Venez voir, vous comprendrez, a-t-il répondu en nous faisant signe de le suivre.

Ivy a haussé les épaules et s'est glissée dans le trou en s'agrippant à l'échelle de corde. Je l'ai regardée descendre, un barreau à la fois.

J'avais un mauvais pressentiment. Il faut dire que j'ai de mauvais pressentiments pour tout dans cette vieille baraque. Je ne pouvais pas m'empêcher de me demander pourquoi il y avait une cave sous la cave.

L'ancien propriétaire avait-il eu quelque chose à cacher ?

Je me suis quand même décidé. Je tâtonnais du bout des pieds pour trouver chaque barreau. C'était la première fois de ma vie que je prenais une échelle de corde. Or, ça bougeait tout le temps et c'était bien plus difficile que ce que j'aurais cru, surtout avec une lampe torche dans une main.

Enfin, je suis arrivé en bas. Lâchant la corde, j'ai fait quelques pas en regardant autour de moi.

– Il n'y a rien ici, ai-je constaté. Rien que des murs et un sol nus. C'est totalement vide.

– Pourquoi tu nous as dit que c'était intéressant, Anthony ? a demandé Ivy.

– Venez voir.

Braquant ma lampe sur l'endroit qu'il nous désignait, j'ai découvert l'ouverture d'un passage sombre et étroit, qui paraissait ne pas avoir de fin.

– Un… un tunnel, ai-je murmuré.

Ivy a plissé les yeux.

– Un tunnel sous ta maison, a-t-elle dit pensivement. Je me demande où ça peut mener…

– On n'a qu'à aller voir, a proposé mon frère en filant aussitôt vers l'entrée du passage.

– Pas si vite ! ai-je objecté. On ferait mieux de réfléchir d'abord.

– Imaginez qu'on tombe sur un trésor, les gars ! a dit Anthony. Ou sur des grottes secrètes ! Ou sur la mer !

Ivy et moi, on a bien ri.

– Il faudrait que ce soit un très, très long tunnel, alors, a-t-elle signalé. On est à des centaines de kilomètres de la mer.

Puis j'ai réfléchi sérieusement, regardé la trappe ouverte au-dessus de nos têtes et examiné la direction que prenait le tunnel.

– Moi, je crois que je sais où ça mène, ai-je déclaré.

– Où ça ? a demandé Ivy.

– Au cimetière.

9

– Comment tu sais ça, toi ? m'a demandé Anthony d'un ton moqueur.

– Il a raison, tu ne peux pas le *savoir*, a enchéri Ivy. C'est juste une supposition.

– C'est vrai, ai-je admis. Mais réfléchissez. Ce tunnel se dirige vers la rue. Et il y a quoi de l'autre côté de la rue ? Le cimetière.

Anthony s'est tourné vers Ivy avec un grand sourire.

– Maintenant, on est obligés d'y aller pour lui prouver qu'il a tort !

Et il est entré d'un pas décidé dans le tunnel obscur.

– Hé, une minute ! ai-je lancé.

Là-dessus, Ivy lui a emboîté le pas. Je n'avais plus le choix.

– Attendez-moi !

Les ayant rejoints, j'ai avancé en braquant ma lampe torche devant moi. Le plafond du tunnel était si bas qu'il fallait marcher tête baissée. Les parois et le sol étaient en terre battue et chacun de nos pas soulevait des nuages de poussière.

– C'est n'importe quoi, ai-je grommelé. Si maman nous voyait, elle nous tuerait.

– On explore, c'est tout, a observé Ivy. On ne fait rien de mal.

– Et il y a peut-être un trésor de pirate caché au bout, a suggéré mon frère.

J'ai essuyé mon front en sueur. Plus on avançait, plus il faisait chaud. Et toute cette poussière était suffocante.

– On est sous la rue, maintenant, ai-je signalé.

Le tunnel a tourné légèrement vers la gauche. Le bruit de ma respiration bruyante résonnait contre les parois.

Soudain, on s'est arrêtés. On venait d'entendre des bruits.

J'ai essayé d'avaler ma salive, mais ma gorge était trop sèche. Anthony et Ivy respiraient fort, eux aussi. Nous avons tendu l'oreille, les yeux rivés devant nous.

On aurait dit des sortes de petits cris rauques…

Puis j'ai entendu des bruits de pas sur la terre battue.

J'ai braqué ma lampe devant moi, mais on n'y voyait absolument rien.

Un grognement sonore m'a fait sursauter. Quelqu'un a toussé.

– On... On n'est pas seuls ici, ai-je bredouillé.

Ma main tremblait si fort que j'ai failli en lâcher ma lampe.

Le bruit de pas s'est rapproché.

– N-ne restons pas là, ai-je murmuré.

Mais nous étions tous les trois cloués au sol, bouche bée, aux aguets.

Nous avons hurlé en voyant des silhouettes voûtées surgir en face de nous, avançant d'un pas chancelant. Ils marchaient sur deux jambes, comme des hommes, mais ils grognaient comme des animaux.

J'ai relevé le rayon de ma lampe vers eux... et tous les muscles de mon corps se sont raidis.

Leurs visages étaient hideusement déformés. Certains n'avaient qu'un œil, ou des bouts de chair manquants qui laissaient voir leur crâne grisâtre. Leurs vêtements étaient sales et déchiquetés. Ils n'avaient pas de chaussures et leurs pieds étaient totalement décharnés, réduits à des os. Des pieds de squelettes !

– Des zombies ! a murmuré Ivy en m'agrippant le bras. Des morts... sortis du cimetière... qui marchent !

Ils avançaient toujours en faisant des bruits bizarres, et n'étaient plus qu'à quelques mètres de nous.

J'étais assailli par des pensées terrifiantes. *Ce tunnel doit être leur planque ! Ils sont tranquilles, ici. Mais qu'est-ce qu'ils ont à avancer vers nous comme ça ? Ils ont peut-être faim !*

Anthony semblait aussi paralysé que moi. Je l'ai secoué par les épaules.

– Allez, Anthony bouge-toi ! Sortons de là !

Ivy avait déjà tourné les talons et fonçait vers l'entrée du tunnel. On s'est élancés derrière elle en baissant la tête comme des coureurs cyclistes, comme si ça pouvait nous aider à aller plus vite.

La lumière de ma lampe tressautait dans tous les sens, faisant jaillir des sortes d'éclairs devant nous. Par-dessus le bruit de mes semelles, j'entendais les pas des zombies sur la terre battue, et leurs grognements affamés.

Je n'osais pas me retourner pour voir s'ils nous rattrapaient.

Soudain, un coup de vent a soulevé un grand nuage de poussière autour de nous. Je n'arrivais plus à respirer. Mes yeux piquaient et larmoyaient.

Ivy s'est mise à tousser et s'est arrêtée en se couvrant le visage. J'ai poursuivi mon chemin en la poussant en avant.

– Continue à courir ! On y est presque !

On est repartis dans la pénombre, jusqu'à ce qu'un carré de lumière apparaisse devant nous. Les battements de mon cœur me martelaient la poitrine.

– La trappe ! ai-je lâché d'une voix rauque. Vite !

Je me suis jeté sur l'échelle de corde, qui s'est balancée dans le vide. L'agrippant fermement, j'ai réussi à la stabiliser assez pour poser le pied sur le premier barreau.

– Nooon !

L'échelle venait de se détacher sous mon poids. Je criais encore lorsque j'ai heurté le sol et qu'elle est retombée sur moi.

10

Étalé par terre sur le dos, j'ai remué les bras et les jambes pour me libérer de l'échelle de corde. Ivy et Anthony ont volé à mon secours et fini par me dégager.

Une fois relevé, j'ai levé les yeux vers l'ouverture de la trappe, vers la sécurité, loin tout là-haut au-dessus de nos têtes.

Impossible de remonter. Impossible d'échapper aux créatures à moitié décomposées qui avançaient vers nous en traînant des pieds.

– Laissez-nous ! Reculez ! N'approchez pas ! leur a crié mon frère.

Mais cela n'a rien changé. Nous entendaient-ils, au moins ? En plissant les yeux dans la pénombre, j'ai vu que la plupart n'avaient plus d'oreilles.

D'ailleurs, il manquait des pans entiers de leurs têtes. Il y avait de grands trous dans leurs joues verdâtres. Leurs bouches dessinaient de larges sourires sans dents ni lèvres.

Leur odeur âcre s'est déversée sur nous, et j'ai dû retenir ma respiration pour ne pas vomir.

– Q-qu'est-ce qu'on fait ? a demandé Ivy d'une petite voix tremblante.

De nouveau, j'ai levé la tête. Mais la trappe semblait se trouver à des kilomètres.

Nous étions piégés.

Je restais planté là, tremblant comme une feuille, incapable de répondre.

Les horribles créatures commençaient déjà à nous encercler en braillant d'excitation.

Un grand zombie voûté à qui il manquait la moitié du visage, et dont un œil pendait, a tendu la main vers moi… et m'a saisi à la gorge.

Ivy et Anthony ont lâché un hurlement d'horreur.

Un cri aigu est sorti de ma gorge tandis que le mort-vivant m'attirait vers lui. Déjà, il se penchait vers moi pour se repaître de ma chair.

11

– Non, pas ça… Pitié…

Il a ignoré mes supplications étouffées. Mes genoux ont cédé et tout mon corps s'est avachi comme une poupée de chiffon.

J'ai fermé les yeux en me préparant à subir une douleur atroce. Serrant ma gorge encore plus fort, le zombie m'a soulevé de terre. Ses dents noires ont claqué plusieurs fois et sa bouche s'est rapprochée de mon épaule.

– M-mais…, ai-je bredouillé tout à coup.

La créature venait de me repousser brutalement contre la paroi du tunnel. Mon dos a glissé vers le bas du mur et je me suis retrouvé assis par terre. Sonné, terrifié, j'ai fixé le grand mort-vivant. Il ne se préoccupait plus de moi.

S'il ne veut pas me manger, qu'est-ce qu'il nous veut ?

Ivy et Anthony s'étaient plaqués contre la paroi. Ivy avait enfoui son visage dans ses mains, tandis que mon frère restait immobile comme une statue, les yeux exorbités.

Le grand zombie s'est penché avec un grondement rauque. Ses mains osseuses ont raclé le sol et se sont repliées sur l'échelle de corde.

Soudain, j'ai compris.

Il veut sortir du tunnel !

Puis il s'est retourné vivement et son œil a oscillé sur sa joue. Il a brandi l'échelle vers le haut, vers la sortie du tunnel. Deux autres zombies l'ont rejoint.

Dans la pénombre, j'ai distingué trois ou quatre autres morts-vivants, qui suivaient les opérations en grognant doucement.

Après être monté sur les épaules de l'un de ses compagnons, leur meneur a tendu les bras pour raccrocher l'échelle. Il a mis longtemps, parce que ses mains tremblaient et tâtonnaient et qu'il n'arrêtait pas de la laisser tomber.

Je l'observais, impuissant, la tête bouillonnante de pensées parfaitement effrayantes. Ce tunnel partait du cimetière. Les zombies devaient l'utiliser pour être tranquilles, à l'abri des humains qui risquaient de les traquer.

Mais voilà qu'ils essayaient de regagner le monde des vivants.

Sans rien pouvoir faire, j'ai regardé la créature remettre l'échelle en place. Puis tous les zombies se sont mis à grimper, à monter dans mon sous-sol. À monter *chez moi.*

Soudain, un bruit a fait dresser mes cheveux sur ma tête. C'était la voix de ma mère, qui nous appelait depuis l'entrée.

– Mario ? Anthony ? Où êtes-vous ? Vous êtes descendus à la cave ?

La panique m'a noué la gorge au point que je me suis étranglé.

Et si les zombies l'attaquaient ?

– Maman ! ai-je hurlé. Sors de la maison ! Sauve-toi ! *Vite !*

12

Il fallait que j'agisse. Le premier mort-vivant était presque arrivé en haut.

– Maman ! Tu m'entends ? Sauve-toi ! Sors de la maison !

– C'est toi, Mario ? m'a-t-elle répondu. Qu'est-ce que tu dis ? Je ne t'entends pas !

Après avoir respiré un grand coup… j'ai bondi sur le zombie, je l'ai saisi par la taille et j'ai tiré jusqu'à lui faire lâcher l'échelle.

Il s'est affalé contre le mur et j'ai entendu ses os craquer.

Soudain, la peur m'a donné une force dont je ne me croyais pas capable. Avec un grand cri guerrier, j'ai attrapé un autre monstre que j'ai balancé dans le tunnel. Son crâne s'est fendu en deux en percutant la paroi.

Puis j'ai fait volte-face afin d'affronter le reste de la troupe. Ils ont tous reculé en claquant des dents pour se préparer à m'assaillir.

Sans leur laisser le temps de réagir, j'ai agrippé l'échelle de corde et l'ai escaladée, aussitôt suivi par Anthony.

On a rabattu la trappe dernière nous dès qu'on a été à l'abri. Dessous, j'entendais toujours les claquements de dents des horribles créatures. On a remonté l'escalier de la cave quatre à quatre.

– Maman ! ai-je braillé en fonçant dans le couloir vers la cuisine. Maman ! Des zombies ! En bas ! Il y a des zombies en dessous de chez nous !

Elle s'est retournée lentement pour me répondre :

– Je sais.

13

– Quoi ?

Je me suis appuyé à la table pour reprendre ma respiration, tandis qu'Anthony se laissait tomber sur un tabouret. Il tremblait toujours.

– Tu-tu es au courant ? ai-je repris.

Ma mère a essoré l'éponge qu'elle tenait à la main avant de la jeter dans l'évier. Elle a la peau mate, les cheveux noirs et les yeux bruns, comme Anthony et moi. Mais elle est toute petite et très menue. À douze ans, je suis déjà presque aussi grand qu'elle.

Normalement, elle est le boute-en-train de la famille. Mais depuis que mon père est parti pour la guerre, elle ne sourit plus aussi souvent. Elle est sans doute trop fatiguée par ses deux boulots pour garder son enthousiasme habituel.

Elle a soupiré.

– Je connais les vieilles histoires qui se racontent sur cette maison. Mais je n'ai jamais voulu y croire.

– Comment ça ?

– L'agent immobilier m'a prévenue. Il m'a dit que le 324 North Ardmore était une maison de morts-vivants. Mais comment voulais-tu que je le croie ? Et de toute façon, je n'avais pas trop le choix. Tout le reste était trop cher pour nous.

J'ai essuyé mon front en sueur.

– Tu veux dire que tu le savais quand tu as acheté cette maison ?

Ma mère s'est mordu la lèvre. Ses mains s'étaient mises à trembler.

– Où est-ce que vous les avez vus ? Ils sont enfermés ?

– Je vais te montrer. Anthony, tu préfères rester ici ?

– Non, je viens avec vous, m'a-t-il répondu en secouant la tête.

– Ils sont dans la cave ?

– En fait, ils sont *sous* la cave, ai-je dit en repartant dans le couloir.

On est descendus en faisant craquer les marches en bois et j'ai conduit ma mère jusqu'à la trappe. On n'entendait plus un bruit. Ma mère serrait les poings de toutes ses forces.

Enfin, elle s'est penchée et a soulevé la trappe.

On a hurlé quand une créature a jailli en hurlant.

Ivy !

Ivy. Sauf que son regard était vide, son pull vert tout déchiqueté, ses cheveux en bataille, et son nez… son joli petit nez pointu d'elfe… Il avait disparu ! Il n'y avait plus qu'un trou au milieu de sa figure.

Elle m'a fixé de ses yeux morts…

– Mario…, a-t-elle grogné.

– Ivy ! Oh, nooon ! Nooon ! On t'a oubliée ! On t'a oubliée ! On t'a abandonnée ! Mais qu'est-ce qu'ils t'ont fait ?

Elle a grogné de nouveau, une sorte de grognement animal qui venait du fond de sa gorge.

– Je t'aurai, Mario. Tu me le paieras… Tu me le paieras !

Deuxième partie

Aujourd'hui

14

Les immeubles étaient plongés dans le noir. La longue rue étroite était déserte. Le vent balayait les avenues sans répit, avec un sifflement aigu qui faisait mal aux oreilles.

Au loin, un chat noir a traversé furtivement la rue avant de disparaître dans une allée. Une poubelle a roulé par terre, poussée par une rafale.

Je suis descendu du trottoir en regardant de tous côtés. Je savais que ce calme n'était qu'une illusion. Je savais que ce silence n'allait pas durer.

J'étais épié.

J'ai poursuivi ma route lentement au milieu de la chaussée. Je jetais un coup d'œil dans chaque voiture garée et je regardais derrière moi toutes les trois minutes. Une sourde angoisse m'écrasait la poitrine.

Une bourrasque a fait voler un tas de feuilles mortes à mes pieds et j'ai sauté par-dessus en gardant les yeux devant moi.

Une deuxième poubelle a roulé sans bruit sur le trottoir. J'ai traversé le carrefour et longé les devantures de magasins plongés dans le noir. Je fixais les espaces sombres entre les immeubles. Je veillais. J'attendais. J'étais prêt.

C'était du moins ce que je croyais.

Mais quand le mort-vivant a attaqué, j'ai laissé échapper un cri de surprise.

Il était deux fois plus grand et plus large que moi et son ombre m'a entièrement recouvert. Ses yeux globuleux ressemblaient à des boules de billard. Il n'avait plus de menton. Il n'avait plus que ses dents du haut, de longues dents dénudées par une bouche sans lèvres.

Ses cheveux secs comme de la paille retombaient mollement autour de son visage verdâtre et j'ai vu de gros insectes noirs coincés dedans.

Levant des mains grosses comme des pastèques, il m'a bondi dessus et a voulu me bloquer entre ses bras énormes.

– Lâche-moi, sale monstre ! Ne me touche pas !

Baissant la tête, j'ai réussi à lui coller un puissant coup de boule dans l'estomac. Il a lâché un grognement et s'est plié en deux. De la bave a coulé sur son visage dévasté.

Dans la foulée, j'ai enfoncé les poings dans son ventre qui s'est dégonflé comme un vieux ballon de baudruche. Enfin, il s'est effondré sur le trottoir.

Je l'ai enjambé pour reprendre mon chemin. Au bout de deux pas, une bande de zombies est sortie d'une impasse. Ils ont inspecté la rue à gauche, puis à droite, et ont eu vite fait de me repérer.

Ils ont avancé droit sur moi avec des espèces de bêlements de mouton en se frottant la panse. Je lisais la faim dans leurs yeux saillants.

Je les sentais faire pression sur mes pensées... J'étais cloué sur place, comme s'ils prenaient le contrôle de mon esprit et m'empêchaient de bouger.

Alors, fermant les paupières, j'ai retenté le coup de bélier, contre un zombie épais comme une chips. Mais cette fois, j'ai mal visé et ma tête n'a rencontré que du vide.

Deux autres morts-vivants ont sauté sur mon dos. J'ai battu des bras comme un fou pour rester debout, mais ils étaient plus costauds qu'ils en avaient l'air, et je me suis retrouvé étalé sur le dos.

Et aussitôt, ils me sont tous tombés dessus.

Leurs mains osseuses me tripotaient. Leurs geignements résonnaient tout contre mes oreilles.

Puis leurs doigts acérés ont griffé ma poitrine et j'ai hurlé quand ils l'ont lacérée.

J'ai continué à hurler tandis qu'ils baissaient leurs têtes hideuses et commençaient à se repaître.

15

– Je suis encore mort !

Alec a secoué la tête.

– Qu'est-ce que tu veux que je te dise, Kenny ? Tu aurais dû t'enfuir ! Tu n'étais pas de taille à lutter !

J'ai jeté rageusement ma manette par terre.

– J'en ai marre ! Je ne dépasserai jamais le premier niveau !

Mon meilleur ami et moi, on jouait à la dernière version de *Walking Zombies* qui venait de sortir.

– En les prenant séparément, tu dois pouvoir les battre, a-t-il repris. Mais quand tu les vois débarquer en bande, la seule chose à faire est de changer de rue.

Alec avait toujours des tas de conseils à donner, mais il n'était pas meilleur que moi.

On jouait depuis une heure, et je n'avais toujours pas réussi à rester en vie assez longtemps pour traverser la ville. Ça m'énerve, ce genre de trucs. Pas vous ?

Je me suis tourné vers Tricia, ma sœur jumelle.

– Qu'est-ce que t'as à nous regarder comme ça, toi ? Va voir ailleurs si j'y suis, tu me portes malheur.

En réalité, je savais parfaitement pourquoi elle tournait autour de nous. Elle craque à mort pour Alec.

– N'importe quoi, a-t-elle riposté en me poussant contre le canapé. T'es qu'un crétin, Kenny.

Ça a fait rigoler Alec, ne me demandez pas pourquoi. Il a peut-être flashé sur Tricia…

Moi, c'est Kenny Manzetti. Ma sœur et moi, on a douze ans, mais on fait plus vieux que notre âge. Alec est mon meilleur ami. Il est roux avec plein de taches de rousseur. On dirait un gamin à côté de ma sœur et moi, même si on a le même âge.

Déjà, Tricia et moi, on est grands en taille, et puis on a des têtes plutôt sérieuses, avec des yeux noirs et des cheveux noirs tout raides.

Ma mère dit qu'on est « de vieilles âmes ». Je ne sais pas trop ce que ça signifie. On ne se comporte pas franchement comme des adultes, en tout cas. On aime bien voir des copains et s'amuser.

Enfin, ça, c'était notre vie d'avant. Mais on ne s'est pas fait beaucoup d'amis depuis notre arrivée à Franklin Village, à part Alec.

On a beau essayer, Tricia et moi, on n'aime pas notre nouvelle maison. D'abord, ça ne me plaît pas *du tout* d'habiter en face d'un cimetière. Ça me donne plein de cauchemars.

Alec m'a donné un coup de coude.

– Redémarre le jeu, on va se refaire une partie.

On était assis tous les deux devant la télé au salon.

– Ça me dépasse complètement, cette mode des zombies, a déclaré Tricia, perchée sur un accoudoir du canapé derrière nous.

– On ne te retient pas, ai-je grommelé.

– C'est vrai, c'est quoi, cette obsession ? Tout le monde ne parle que de zombies au collège. Votre jeu a été créé à partir de la série *Walking Zombies ?*

– À ton avis ?

– C'est une série géniale ! s'est exclamé Alec. Vous regardez la saison trois ?

– Je n'en suis qu'à la deuxième, ai-je répondu. Pitié, ne me raconte pas ce qui se passe après.

Ça a fait rire Tricia.

– Ce qui se passe après ? Je vais te le dire, moi. Une bande de zombies se promène partout en titubant et en mangeant tout le monde. Les zombies, c'est d'un ennui !

– Tu m'énerves. Va plutôt dans ta chambre jouer avec tes Barbie !

Elle m'a tapé sur la tête.

– Je ne joue pas avec, idiot. Je les collectionne. Elle vaut beaucoup d'argent, ma collec !

Fouillant dans les poches de son jean, Alec en a sorti un paquet de Cervelles de zombies. Il en a balancé une dans sa bouche avant de nous en proposer. Tricia a refusé, bien sûr.

– Bouh, c'est répugnant, a-t-elle grommelé.

Ma sœur ne sait pas ce qui est bon. Ces bonbons existent dans plein de goûts différents, en plus. Tout le monde en mange au collège.

J'ai démarré une nouvelle partie.

– Tu veux changer de niveau de difficulté ? m'a demandé Alec. On peut prendre le niveau bébé.

– Ha ha. Quel humour, Alec !

À ce moment-là, j'ai vu quelque chose bouger dehors par la fenêtre. Deux hommes vêtus d'imperméables sombres traversaient le cimetière. De temps en temps, ils s'arrêtaient pour lire les inscriptions sur une tombe.

Vous ai-je dit que je détestais les cimetières ?

On ne me fera pas croire que les zombies peuvent sortir de leurs tombes, ni qu'ils traquent les gens pour les manger. Simplement, je trouve ça lugubre de vivre avec tous ces morts en face de chez soi.

Mon père m'a parlé de cette superstition. Il m'a dit que certaines personnes retenaient leur souffle en passant devant un cimetière. En ce qui me concerne, c'est impossible : il faudrait que je m'empêche de respirer toute la journée !

Les rues sombres et vides sont apparues sur l'écran de la télé. Alec a pris la manette et s'est préparé à affronter les morts-vivants.

Soudain il a tourné la tête et étouffé un cri en voyant une grande silhouette maigre entrer dans le salon. Elle avançait vers nous d'un pas titubant, en nous fixant de ses yeux écarquillés.

Alec en a lâché la manette.

– Un-un-un zombie ! s'est-il écrié.

16

Le nouvel arrivant a éclaté de rire, d'un rire qui ressemblait plutôt à une toux rauque.

– Un zombie ! Oui, remarquez, c'est vrai que je me sens comme un zombie la plupart du temps !

Alec continuait à le fixer, bouche bée.

– Alec, je te présente mon grand-père. Tout le monde l'appelle papi Mo.

Alec a enfin refermé la bouche et paru reprendre ses esprits.

– Bonjour, a-t-il lancé en faisant un petit signe à mon grand-père.

Papi Mo a agité la main à son tour en avançant à petits pas avant de s'affaler dans le canapé à côté de Tricia. Il boite beaucoup. Son genou droit est complètement fichu, mais il refuse de marcher avec une canne.

Il n'est pas très solide et il tousse beaucoup. Il dit qu'il a toujours mal partout, même aux cheveux. Il a une épaisse crinière de cheveux blancs ondulés qu'il peigne toujours avec grand soin. Il est capable de passer un quart d'heure devant le miroir.

La peau de son long visage étroit est toute tirée, et presque aussi blanche que ses cheveux. Ses yeux sont si pâles qu'ils paraissent presque blancs à certains moments.

Mais attention, hein, c'est un coriace.

Ma sœur et moi, on ne l'avait pas vu depuis nos cinq ans. C'est une longue histoire, mais je vais essayer de la résumer. Papi Mo est le père de mon père. Un beau jour, il a disparu de la circulation et plus personne n'a eu de ses nouvelles pendant des années.

Et puis tout à coup, il a réapparu dans sa maison. Mes parents ont pensé qu'il était trop vieux et trop malade pour vivre seul. Alors toute la famille est venue habiter chez lui, à Franklin Village.

Ma mère est institutrice et mon père travaille dans une banque dans la ville voisine.

Je parie que vous croyez tout savoir sur nous, maintenant. Mais j'ai oublié d'apporter une précision sur papi Mo : il adore raconter des histoires de zombies.

Quelquefois, il soutient que ce sont des histoires vraies. À d'autres moments, il prétend nous raconter ses rêves. Mais il invente tout, je le sais bien. Ce que je ne sais pas, c'est s'il y croit ou non.

– Lâchez un peu ce jeu, les garçons, et je vais vous raconter une histoire vraie.

Il tapotait en rythme l'accoudoir du canapé.

Alec a posé la manette par terre et on s'est tournés vers mon grand-père. J'ai vu Tricia lever les yeux au ciel. Elle n'aime pas les histoires de zombies de papi Mo. Les zombies, elle trouve ça idiot.

– Il y a très longtemps, un orage très violent a éclaté à Franklin Village, a commencé papi Mo. Il y avait des éclairs dans tous les coins. Et ce n'était pas un de ces petits orages qu'on voit normalement. Il y avait littéralement des explosions de tonnerre. La foudre a fendu un arbre en deux et filé sur la pelouse comme un animal, en faisant sauter tout sur son passage. On se serait cru sous un bombardement.

– C'est vrai, ça, papi ? ai-je demandé d'un air soupçonneux. Tu y étais ?

– Peu importe, m'a-t-il répondu. Si j'y étais, je ne m'en souviens plus. Tu sais, la mémoire, quand on est vieux… Mais c'est arrivé pour de vrai.

Tricia a éclaté de rire.

– Tu les inventes toutes, tes histoires qui sont arrivées pour de vrai. Avoue, papi Mo !

Mais notre grand-père s'est contenté de secouer la tête en tapotant Tricia sur l'épaule. Puis il a repris sans lui répondre :

– Le tonnerre était si fort qu'il a réveillé les morts du cimetière d'en face. Des gens qui dormaient tranquillement dans leurs tombes ont été ranimés par les secousses d'énergie. Tirés de leur sommeil éternel, ils se sont relevés et se sont mis en marche dans l'orage. Au début, ils avançaient collés les uns aux autres, perdus, effrayés. Mais bientôt, ils ont commencé à ressentir la faim, une faim terrible ! Et ils ont compris qu'ils n'avaient pas le choix. Pour survivre dans leur nouvel état de morts-vivants, il leur fallait *manger les vivants*.

Tricia a reculé jusqu'au bout du canapé.

– Bouh ! Ça va devenir glauque ?

Papi Mo a haussé ses frêles épaules.

– Je dirais plutôt « effrayant ». Surtout si l'on pense que c'est arrivé de l'autre côté de la rue.

– On dirait une série télé ! s'est exclamé Alec, tout excité. Vous avez déjà regardé *Walking Zombies* ?

Papi Mo a gratté sa joue toute pâle et desséchée.

– C'est une histoire vraie, a-t-il répliqué. Ça n'a rien à voir avec la télé.

Puis il s'est levé péniblement, et il a mis plusieurs secondes à trouver son équilibre.

– Bon, les enfants, c'est l'heure de ma sieste. Mais vous trois, gardez bien les oreilles et les yeux ouverts, vous m'entendez ?

Et il a quitté le salon en boitillant.

Alec avait l'air un peu ailleurs, perdu dans ses pensées.

– Ha ! lui ai-je lancé en riant. Tu y as cru, à l'histoire de mon grand-père, pas vrai ?

Il a hoché la tête.

– Absolument. Je ne pense pas qu'il blaguait, Kenny. Moi, je le crois.

Alec croyait à toutes sortes de monstres, aux fantômes, à tous les trucs paranormaux. Il dit qu'il n'y aurait pas autant d'histoires sur les vampires, les zombies et autres créatures surnaturelles s'ils n'existaient pas.

Franchement, je trouve ça un peu idiot. Mais c'est mon seul ami ici et il est sympa. Alors je me retiens de lui dire que croire aux vampires et aux fantômes, c'est pareil que croire à la Petite Souris.

– Papi Mo adore raconter des histoires de zombies, lui ai-je expliqué. Ça l'amuse d'en inventer. Il dit qu'il y en a qui lui viennent en rêve mais je…

À ce moment-là, Tricia s'est levée du canapé en me donnant un coup de genou et elle a traversé le salon jusqu'à la fenêtre.

– Il y a un gros camion garé dehors, nous a-t-elle annoncé.

Elle a tiré le rideau.

– Hé, venez voir ! C'est un camion de déménagement. Des gens s'installent dans la maison d'à côté. Mais… mais… attendez. Non, c'est dingue. Ce-ce ne sont pas des gens… Ce sont des *monstres !*

17

– Quoi ?

Je me suis levé d'un bond.

Alec m'a imité et on s'est approchés de la fenêtre d'un pas prudent.

Soudain, Tricia a reculé en riant.

– Ha ha ha ! Vous êtes vraiment trop bêtes, tous les deux ! On peut vous faire avaler n'importe quoi !

J'ai senti mes joues s'enflammer. La honte ! Comment avais-je pu tomber dans un panneau aussi gros ?

Toutes ces histoires de zombies commençaient à m'embrouiller le cerveau.

– Tu me le paieras, ai-je marmonné en poussant ma sœur pour regarder dehors.

Des déménageurs en combinaison grise sortaient des meubles d'un gros camion jaune et rouge garé dans l'allée d'à côté. Deux grands types baraqués au crâne rasé et au cou tatoué portaient un gros canapé.

– Je me demande à quoi vont ressembler vos nouveaux voisins, a dit Alec.

– Ce serait génial s'il y avait une fille de mon âge ! s'est exclamée Tricia. C'est tellement dur de se faire des amis en arrivant dans un nouveau collège ! Tous les autres se connaissent déjà.

– C'est justement pour ça qu'on fait notre fête d'Halloween, ai-je souligné. Pour rencontrer des gens !

– À ce propos, a dit ma sœur, parlons-en, de cette fête. Vous m'aviez promis de m'aider à l'organiser. Je vous écoute : c'est quoi, votre plan ?

– On devrait faire quelque chose sur le thème des morts-vivants, a suggéré Alec.

– Surprise, a fait Tricia d'un ton ironique en levant les yeux au ciel. Je propose de faire comme si on n'avait pas entendu et qu'on réfléchisse sérieusement. Halloween, c'est bientôt !

J'ai inspecté les murs gris, les vieux meubles bien lourds, la moquette tachée et tout usée.

– En tout cas, on habite l'endroit parfait pour ça, ai-je observé. On n'aura pas tellement de mal à lui donner l'allure d'une maison hantée.

– Et si on organisait la fête dans la cave ? a proposé Tricia. Ce serait vraiment flippant.

– Super idée ! ai-je approuvé. On n'aurait qu'à laisser les lumières éteintes. On pourrait allumer des bougies, par exemple, et suspendre de fausses toiles d'araignée et des trucs sinistres au plafond.

– Pas mal, a acquiescé Alec. N'empêche, des déguisements de zombies, ce serait classe. On pourrait même décerner des prix. Celui du visage le plus répugnant, et du sang séché le plus crédible, le meilleur look de mort-vivant…

– Pourquoi pas ? a dit ma sœur. On peut y réfléchir.

Visiblement, elle commençait à se prendre au jeu.

– Tiens, je pourrais me déguiser en mariée zombie ! a-t-elle ajouté. Je mettrais une longue robe blanche toute déchirée et tachée de sang. Et je pourrais porter un masque de tête de mort sous mon voile…

– Oui, ce serait sympa, a dit Alec. Alors, ils sont passés où, vos voisins ? Je n'ai vu que les déménageurs.

On a regardé les types continuer à sortir des cartons du camion.

– Ils viendront peut-être plus tard, ai-je supposé au bout d'un moment.

– Ça devient monotone, a soupiré ma sœur en s'éloignant de la fenêtre.

– Hé, attendez ! me suis-je exclamé.

J'ai plissé les yeux pour tâcher de mieux voir.

– Regardez ce qu'ils sortent du camion !

Tricia s'est faufilée entre Alec et moi.

– Wouah… a-t-elle soufflé.

Les déménageurs étaient en train de déposer soigneusement par terre un grand cercueil en bois sombre.

– C'est dingue…, ai-je murmuré.

Sans bouger, on les a regardés remonter dans le camion. Quelques instants plus tard, ils sont ressortis avec un deuxième cercueil. Puis un troisième.

Trois cercueils à porter chez les voisins.

18

Alec, Tricia et moi avons suivi des yeux le troisième cercueil jusqu'à ce qu'il ait disparu dans la maison. Toutes sortes de pensées tourbillonnaient dans ma tête.

– Des morts ? a dit Alec d'un air perplexe.

– Mais non, a répondu ma sœur en secouant la tête. Ça m'étonnerait qu'il y ait des corps dans ces cercueils. Ce serait super bizarre ! Pourquoi voulez-vous que quelqu'un…

Elle s'est tue en voyant papi Mo revenir dans le salon en traînant les pieds.

– Je n'arrive pas à dormir, nous a-t-il déclaré en rejetant sa crinière blanche en arrière. J'ai un sifflement dans les oreilles, ça me gêne. Qu'est-ce que vous regardez ? Vous épiez quelqu'un ?

– Il y a des gens qui s'installent à côté, ai-je répondu. Mais…

– Les déménageurs viennent de porter trois cercueils à l'intérieur, a achevé Tricia à ma place.

Papi Mo en est resté sans voix. Il a fait un pas en arrière.

– Des cercueils ?

– Trois ! ai-je confirmé. C'est quand même bizarre !

– Pas aussi bizarre que tu peux le croire, Kenny, m'a répondu mon grand-père en nous rejoignant.

Les déménageurs étaient en train de fermer les portes arrière du véhicule.

– Ils ont fini, on dirait, a dit mon grand-père.

– Mais on n'a toujours pas vu les nouveaux voisins, ai-je signalé. Seulement les déménageurs.

Papi Mo m'a pressé l'épaule.

– Un cercueil, c'est le moyen le plus simple de voyager sans se faire repérer pour un zombie.

– Oh, papi, arrête, a grommelé ma sœur. Tu ne vas pas nous dire que c'est encore une histoire de zombies ?

– Quoi ? Tu as bien vu les cercueils ! lui a rétorqué mon grand-père.

– Mais il ne peut pas y avoir de corps dedans !

Alec s'est tourné vers ma sœur en se grattant les cheveux.

– Kenny n'a pas tort. Tu connais beaucoup de gens qui gardent des cercueils chez eux ? Ton grand-père a peut-être raison. Ce serait du délire !

– C'est toi qui délires, a riposté ma sœur.

En regardant mon grand-père, je me suis aperçu qu'il s'était mis à trembler et je me suis dépêché de le faire asseoir sur le canapé. Il a gardé les mains pressées sur sa poitrine pendant un moment. Quand il a relevé les yeux, il était encore plus pâle que d'habitude.

– Une famille de zombies vient de s'installer à côté de chez nous, a-t-il déclaré d'une voix sourde et un peu chevrotante. Et quand ils sortiront de ces cercueils… ils auront faim.

19

Tricia s'est assise à côté de papi Mo et lui a pris la main.

– Papi, tu te fais peur tout seul avec tes histoires. Tu sais qu'elles ne sont pas vraies, pourtant. Tu ne devrais pas te laisser perturber comme ça.

Mais il continuait à fixer la pièce d'un regard vide sans avoir l'air de l'entendre.

– Il se passe exactement ce que je craignais, a-t-il murmuré. Je savais que ce jour arriverait.

Il commençait vraiment à m'inquiéter. Ses histoires de zombies étaient sympas, vraiment effrayantes. Mais de là à y croire lui-même…

Quant à Alec, il était resté à genoux devant la fenêtre.

– Hé, Kenny, viens voir ! m'a-t-il lancé.

– Qu'est-ce qui se passe ? ai-je demandé en le rejoignant.

– Quelqu'un a bougé derrière la fenêtre, là-bas. Ils ont dû sortir de leurs cercueils.

– Ha ha ! a ricané ma sœur. Cette personne avait-elle un crâne de squelette à la place de la tête ? Comme toi ?

– Tu rigolerais moins si c'était le cas ! a-t-il répliqué en levant les yeux au ciel.

Je me suis penché pour observer la petite fenêtre qu'il me montrait, mais il commençait à faire sombre et je n'ai vu personne.

Papi Mo s'est éclairci la gorge et s'est redressé sur son coussin.

– Les enfants, écoutez-moi. Voilà ce que vous allez devoir faire. Allez là-bas, tous les trois.

– Hein ? ai-je lâché.

– Oui, oui, vous devez aller chez les voisins. Dites que vous venez leur souhaiter la bienvenue. Ils vous inviteront peut-être à entrer. Et là, essayez d'en voir un maximum.

– Aller chez eux ? Oooh non, a fait Alec en secouant la tête.

Je n'y tenais pas non plus. Mais j'avais horreur de voir mon grand-père aussi terrifié. Si on arrivait à prouver que les voisins n'étaient *pas* des zombies, ça le rassurerait peut-être. Et il arrêterait de trembler comme une feuille et de s'inquiéter comme un fou.

Ma sœur, elle, s'était déjà levée d'un bond.

– Pourquoi vous faites ces têtes, tous les trois ? nous a-t-elle demandé. Les zombies vous ont mangé le cerveau ou quoi ? Allez, remettez-vous !

Puis elle a ouvert la porte et elle est sortie. Alors, Alec et moi, on l'a suivie.

Le soleil était presque couché. On a traversé la pelouse. Les déménageurs étaient en train de s'en aller. Le chauffeur a démarré en nous faisant un petit signe.

De l'autre côté de la rue, le cimetière était désert et silencieux. Quelques corbeaux perchés sur une branche basse semblaient veiller sur les rangées de tombes.

Nous étions arrivés devant le perron.

– Kenny, Alec… Allez, un petit effort ! nous a lancé Tricia. On sourit ! Il n'y a pas de quoi stresser !

On s'est décidés à la rejoindre en haut des marches, et j'ai frappé à la porte.

20

Une brusque rafale de vent a soulevé les feuilles mortes qui jonchaient le petit jardin de devant et les branches des arbres ont tremblé.

J'ai entendu un mouvement à l'intérieur, mais personne n'est venu ouvrir.

– P-partons d'ici, a bredouillé Alec. C'était stupide de venir.

Tricia lui a écrasé les orteils.

– Aïe ! a crié Alec. Pourquoi tu m'as fait ça ?

– C'était juste pour te ramener à la réalité. Il n'y a pas de zombies dans cette maison.

Ma sœur craquait pour Alec. Mais elle avait une drôle de manière de le montrer. Je crois qu'elle commençait *vraiment* à en avoir marre de nos histoires.

Enfin, j'ai entendu glisser le verrou, et la porte s'est ouverte lentement.

Un garçon a passé la tête au-dehors. D'épais cheveux bruns lui couvraient le front. Il avait les yeux vert olive et le teint pâle.

– Salut, a-t-il dit en nous observant tour à tour.

Puis il a ouvert la porte un peu plus et il est sorti sur le perron.

Nous avons reculé pour lui faire de la place. Vêtu d'un sweat-shirt noir sur un jean slim noir, il était très maigre et plus petit que Tricia et moi, mais il devait avoir notre âge. Son visage n'était pas très expressif, ni très souriant.

– Tricia et moi, on habite à côté, ai-je déclaré en montrant la maison de papi Mo. Je m'appelle Kenny. Et lui, c'est mon copain Alec.

Le garçon a hoché la tête.

– Salut, a-t-il répété.

– On a vu le camion de déménagement, mais personne de ta famille, lui a dit Alec.

– C'est parce que… on est arrivés avant, lui a répondu le garçon. Je m'appelle Trevor.

Ses yeux se sont posés sur le cimetière.

– Vous allez là-bas quelquefois ?

– Ça nous arrive, a dit Tricia. C'est assez intéressant. Certaines tombes sont très anciennes.

– Mais c'est un peu déprimant d'habiter en face d'un cimetière, ai-je ajouté.

– Ah bon ? Je ne trouve pas, a commenté Trevor.

Drôle de remarque.

J'ai tendu le cou pour essayer de voir à l'intérieur, mais la porte était juste entrouverte et Trevor me masquait la vue.

– Nous aussi, on vient juste d'emménager, ai-je précisé. On habite chez mon grand-père.

Il a hoché la tête sans répondre.

Du coup, je ne savais plus quoi dire. Ça devenait embarrassant. Il restait planté là, en silence, tout pâle, les mains dans les poches. Il devait être timide.

– Tu vas aller au collège de Franklin Village ? lui a demandé ma sœur.

– Non. Mes parents m'ont mis dans une école privée.

– Laquelle ? a demandé Alec.

– Aucune idée, a répondu Trevor.

En jetant un nouveau coup d'œil derrière lui, j'ai réussi à voir une partie du salon. Et j'ai failli tomber dans les pommes en découvrant les trois cercueils alignés en plein milieu !

Est-ce que je rêvais ? Ou le couvercle du deuxième avait bougé ?

Non. Je devais avoir des hallucinations.

J'ai ramené les yeux sur Trevor, et vu qu'il m'observait.

– Bon, je dois retourner aider mes parents à défaire les cartons, a-t-il déclaré en reculant pour me boucher la vue.

– On voulait juste te souhaiter la bienvenue, a dit Tricia.

– Merci, c'est sympa, a répondu Trevor. À un de ces jours…

Puis il a refermé la porte doucement derrière lui, et j'ai entendu le verrou se remettre en place.

– Super bizarre, a murmuré Alec. Et c'était un peu gênant.

On restait là tous les trois, à réfléchir en clignant des paupières. Quand soudain…

Quand soudain…

… on a entendu un long gémissement à l'intérieur, suivi d'une voix de femme. Une voix rauque, qui disait distinctement :

– Continue à vider les cartons, Trevor. Et ne t'inquiète pas. On s'occupera de trouver de quoi manger après.

21

J'ai bondi en bas du perron. Je ne voulais pas rester là une minute de plus. La voix de la femme continuait à résonner à mes oreilles, dans une espèce de murmure rauque.

Pressant le pas, je suis reparti chez papi Mo, Alec et Tricia sur les talons. Nous étions tous les trois préoccupés par les mêmes questions : Trevor était-il naturellement pâle ? Ou bien mon grand-père avait-il raison ? Devait-on avoir peur de lui ?

Papi Mo nous attendait dans le salon. Il n'avait pas bougé de la fenêtre.

– Alors, qu'avez-vous découvert ? nous a-t-il aussitôt demandé en nous étudiant de ses yeux clairs.

– C'est vrai que c'est bizarre, chez les voisins, a admis Alec.

Et on s'est mis à parler en même temps :

– On est tombés sur un garçon de notre âge. Il s'appelle Trevor, ai-je déclaré. Il est pâle comme un fantôme, et tellement maigre qu'il pourrait s'envoler au premier coup de vent.

– Et il n'a pas ouvert la porte en entier, a précisé Alec. Il ne voulait pas qu'on voie à l'intérieur de chez lui.

– Mais non, il est juste timide ! a affirmé Tricia. Et il devait être fatigué par le déménagement. Mais au fond, il avait l'air plutôt sympa.

– N'empêche que j'ai clairement vu les trois cercueils dans le salon, ai-je repris. Si ça, ce n'est pas bizarre…

– Et on a entendu sa mère dire qu'ils allaient bientôt chercher à manger ! a ajouté Alec. C'était comme si elle parlait de chair humaine…

Papi Mo a frémi en repliant ses bras osseux sur sa poitrine.

– Elle n'a pas présenté ça comme ça ! a protesté Tricia. Tu déformes tout, Alec !

– Je savais que ça arriverait, a murmuré mon grand-père. Je le savais.

– Tu savais que *quoi* arriverait ? a demandé une voix.

C'était ma mère, qui entrait dans le salon. Elle a posé son cartable et son manteau sur une chaise. Elle a rejeté ses épais cheveux bruns derrière son épaule.

– On parlait des nouveaux voisins, ai-je répondu. Ils sont un peu étranges…

– Ce sont des zombies ! m'a coupé papi Mo. Il y a des zombies juste à côté de chez nous ! Et bientôt… il y aura des morts !

Ma mère a levé les yeux au ciel.

– Mo, arrête de faire peur aux enfants ! Ils ont déjà assez de mal à s'habituer ici. Ils n'ont pas besoin de t'entendre raconter tes histoires de zombies en prime !

– Toute ma vie j'ai fait des cauchemars sur les zombies, a répondu mon grand-père, les yeux tournés vers la fenêtre.

– Ce n'est pas une raison pour en donner aux enfants, a objecté doucement ma mère en reprenant son cartable. Bon, j'ai un paquet de devoirs à corriger, moi. Je n'ai vraiment pas de temps pour…

– Mais je vous assure ! Vos nouveaux voisins sont bizarres, madame Manzetti, a insisté Alec. On a rencontré le garçon, Trevor, et il avait vraiment l'air de se réveiller après avoir dormi TRÈÈÈS longtemps. En plus…

– Oh non, a gémi ma mère. Alec, ne me dis pas que papi Mo a réussi à te convaincre de l'existence des zombies !

Il a haussé les épaules en rougissant.

– Euh…

– Tous ces cauchemars, a repris mon grand-père en marmonnant, le regard tourné vers l'extérieur. Quand j'étais petit, ils me paraissaient si réels que je me réveillais en hurlant. Je les revois encore, ces rêves de zombies.

– Ce n'était que des rêves, Mo, a déclaré ma mère d'un ton ferme.

– Je n'en suis pas si sûr, a-t-il répondu en secouant la tête. Je n'avais pas d'autre endroit où aller, mais je ne voulais pas revenir vivre dans cette maison. Je ne me sens pas du tout en sécurité ici. Je pense qu'on devrait tous rester sur le qui-vive.

Et il est sorti du salon, les bras toujours croisés sur la poitrine.

Ma mère a soupiré.

– Il faut le comprendre, les enfants. Il est très âgé, et malade. Je ne dis pas qu'il perd la tête, mais…

– Maman, ils ont vraiment un truc bizarre, ces voisins. On a regardé les déménageurs porter les meubles. Ils ont trois grands cercueils en bois !

– Ils ont des cercueils chez eux ? a dit ma mère en reposant son cartable.

– Dans leur salon, a-t-on précisé en même temps, Alec et moi.

Ma mère a éclaté de rire.

– Vous me faites marcher.

– On le jure !

– Je les ai vus aussi, a confirmé Tricia. Bon, d'accord, c'est un peu curieux. Mais qu'est-ce que ça prouve ?

– Par exemple, que ton grand-père n'est pas fou, a suggéré Alec.

Ma mère s'est approchée de la fenêtre.

– Tiens… Ils sortent, justement.

On s'est précipités, et on a vu une longue voiture noire sortir de l'allée. Ses vitres fumées empêchaient de voir à l'intérieur.

Les yeux verts de ma mère ont pétillé, et elle a demandé avec un grand sourire :

– Vous pensez que les zombies roulent en voiture, vous ?

– Bah, pourquoi pas ? a répondu Alec. Mais vous nous croyez, pour les cercueils ?

– Non. C'est encore une invention de papi Mo. Vous avez dû confondre avec de grands cartons.

J'ai pris la main de ma mère pour l'entraîner vers la porte d'entrée.

– Je te jure, maman ! C'étaient de vrais cercueils ! Viens, on va te montrer.

– Tu veux qu'on aille chez les voisins ? m'a-t-elle demandé en résistant.

– Ils sont partis ! On peut aller jeter un coup d'œil par la fenêtre de leur salon.

– Et si vous les voyez, vous serez d'accord pour dire que c'est bizarre ? a demandé Alec.

– Oui, oui, c'est bon, a cédé ma mère. J'avoue. Ce n'est pas très normal d'avoir des cercueils dans son salon. Mais je ne vous crois pas une seconde.

Prenant la tête de notre petit groupe, j'ai traversé la pelouse qui nous séparait de chez les voisins. Le soleil descendait derrière les arbres du cimetière et les ombres s'allongeaient devant nous.

On est passés devant le perron. Un petit cactus en pot était posé dans un coin en haut des marches.

Puis on s'est approchés de la fenêtre du salon, large et basse. J'ai reculé pour laisser ma mère passer devant moi.

– Vas-y, regarde, maman. On n'est pas fous !

Elle a collé le front sur la vitre, mis la main en visière au-dessus de ses yeux et fixé longuement l'intérieur.

Enfin, elle a reculé en trébuchant.

– Ce… Ce n'est pas possible ! s'est-elle écriée. Je les vois ! Je les vois ! Trois cercueils ! Mais… ce n'est pas possible… Il y a un crâne humain posé sur l'un des trois ! Et… Et quelque chose est en train de sortir en rampant du deuxième !

22

Alec, Tricia et moi avons fixé ma mère bouche bée. Alec a été le premier à réagir :

– J'en étais sûr ! Votre grand-père avait raison !

Ma mère a éclaté de rire. Et son rire n'a rien de discret. Il la secoue toujours de la tête aux pieds.

– Ah, c'est trop drôle ! Si vous voyiez vos têtes ! Vous m'avez crue ! Avouez !

– Pas du tout, a rétorqué Tricia. Alec et Kenny, oui. Mais moi, pas une seconde.

Mon cœur battait encore un peu vite.

– Excellent, maman, ai-je admis. Tu m'as bien eu.

– Mais… et les cercueils ? a balbutié Alec. Vous ne les avez pas vus, madame Manzetti ?

Elle a agité la main en direction de la fenêtre.

– Vérifiez vous-mêmes !

On s'est approchés pour examiner l'intérieur du salon, plongé dans la pénombre. Pas de cercueils. Ils avaient disparu.

– Ils ont dû les mettre ailleurs, a supposé Alec.

– Laissez tomber, les enfants, a dit ma mère en repartant vers chez nous. Vous vous êtes bien amusés avec votre blague, et moi avec la mienne.

La tête me tournait. Je ne savais plus quoi penser.

Je ne crois ni aux fantômes, ni aux zombies, ni à rien de tout ça. Qu'est-ce qui me prenait de me mettre à stresser à cause des nouveaux voisins et de leurs cercueils ?

On est rentrés à la maison.

– Tu restes dîner avec nous, Alec ? a proposé ma mère. Sal doit apporter du poulet rôti et des frites.

– Oh oui ! s'est exclamé Alec. Je préviens ma mère.

* * *

Après le dîner, on s'était installés au salon, avec la télé en fond sonore. Alec et moi, on voulait reprendre notre jeu de *Walking Zombies*. Mais Tricia avait une autre idée : notre soirée d'Halloween.

Elle s'est assise par terre en s'adossant au canapé.

– Vous deviez m'aider à organiser la fête ! nous a-t-elle rappelé.

– Pas de problème, ai-je répondu. Qu'est-ce qu'il y a à faire ?

– Tout. On n'y a même pas réfléchi, rien prévu.

– On n'avait pas décidé que ce serait sur le thème des zombies ? a demandé Alex.

– Pas du tout, a dit ma sœur. Mais vous savez quoi ?

– Quoi ?

– Je suis d'accord, à condition que vous vous chargiez des invitations.

Alec et moi, on a échangé un regard.

– Et on invite qui ? ai-je demandé.

– Toute notre classe et l'autre classe de cinquième. Si on veut se faire des amis, autant qu'il y ait du monde.

– OK, on s'occupe des invitations.

– Si tu acceptes que ce soit une fête cent pour cent zombies, a précisé Alec.

Mais avant que ma sœur ait pu répondre, mes yeux se sont arrêtés sur l'écran de la télévision. Il montrait une bande de lycéens interviewés par un journaliste.

– Hé, attendez, ai-je dit en montant le volume. Je me demande pourquoi ils flippent tous comme ça…

Alors on a regardé les informations. Et je n'ai pas tardé à avoir la réponse à ma question.

23

– S'agit-il d'une mauvaise blague, ou Franklin Village a-t-il des raisons de s'inquiéter ? demandait le journaliste, tourné vers la caméra.

C'était un jeune type plutôt beau, aux cheveux blonds bouclés et au teint hâlé, vêtu d'une chemise bleu pâle au col ouvert et d'un jean droit.

– À l'approche d'Halloween, a-t-il repris, ces lycéens de Franklin Village racontent une histoire tout à fait de circonstance.

Le caméraman s'est concentré sur une fille aux cheveux bruns noués en queue-de-cheval, à l'air très excité.

– On passait devant le cimetière d'Ardmore, a-t-elle commencé, et c'est là qu'on les a vus. Au début, on les a pris pour des SDF qui campaient là.

Le journaliste a hoché la tête et la fille a continué :

– Mais tout à coup, ils nous ont poursuivis, et… et… on a vu leurs têtes. Et j'ai hurlé.

Le journaliste a repris la parole pour expliquer :

– Ces adolescents traumatisés prétendent avoir été poursuivis par une petite horde de zombies en décomposition qui sortaient du cimetière d'Ardmore Road.

Les images d'un cimetière ont surgi sur l'écran : le nôtre.

– Deux de ces jeunes sont parmi les meilleurs élèves de leur classe et aucun n'a jamais eu d'histoires.

L'un des garçons, un gros costaud aux cheveux noirs très courts avec une boucle d'oreille, a ajouté :

– Ils poussaient des espèces de grognements et ils tendaient les bras pour nous attraper. Ils avaient l'air super affamés.

Retour sur la fille à la queue-de-cheval.

– On aurait vraiment dit des morts-vivants d'une série d'horreur. Il… Il leur manquait des bouts de peau et de chair. Certains n'avaient même plus d'yeux. C'était atroce.

Retour sur le journaliste :

– Ces adolescents disent qu'ils ne doivent la vie sauve qu'à la fuite. Une fois à l'abri, ils ont appelé la police, qui n'a pas très bien pris la chose.

Les policiers de Franklin Village estiment avoir déjà assez de travail sans devoir subir des blagues d'Halloween.

« Cela dit, il n'y aura pas de plainte contre ces jeunes, tous persuadés que l'affaire est très sérieuse. Ils croient sincèrement qu'il s'agit du début de l'apocalypse des zombies dont on entend beaucoup parler ces temps-ci. Personnellement, je ne suis pas sûr d'être convaincu… Surtout à quelques jours d'Halloween. »

– On n'a pas rêvé ! s'est exclamée la fille à la queue-de-cheval, vexée. Ils sont là !

24

Alec, ma sœur et moi sommes restés un moment sans rien dire. Le présentateur est passé à la suite des informations, mais je n'ai pas entendu un mot de ce qu'il racontait.

J'ai fini par éteindre, avant de me tourner vers Alec et Tricia.

– Ils sont forts ! me suis-je exclamé.

Alec m'a fixé en écarquillant les yeux.

– Hein ? Pourquoi tu dis ça ?

– Ils ont réussi à passer aux infos !

Tricia, qui triturait un coussin du canapé, m'a regardé en plissant les yeux.

– À ton avis, c'est une blague ?

– Sans hésitation. Oui, c'est une blague.

– Mais non, a objecté Alec. Tu n'as pas vu comme ils avaient l'air flippés ?

– Je te parie qu'ils font partie d'un club de théâtre, ai-je répliqué. C'était du cinéma ! Peut-être même un projet de classe !

Se levant d'un bond, Alec s'est mis à faire les cent pas dans le salon, les poings serrés.

– Franchement, je ne crois pas, Kenny. Il y en aurait eu au moins un qui aurait souri, ou fait un clin d'œil. Mais tu as vu leurs têtes ? Ils étaient terrifiés.

– Mais, Alec…

– Et ça s'est passé juste en face de chez toi ! Exactement comme nous l'avait raconté ton grand-père.

– Holà, Alec, du calme, a dit Tricia. Tu vas faire une attaque.

– Ha ha ! ai-je gloussé. Et ensuite, il deviendrait un zombie.

Alec a lâché un grognement exaspéré.

– Franchement, je ne comprends pas comment vous pouvez rester assis là comme si de rien n'était. Moi, je les crois, ces jeunes. Je pense qu'ils ont vu de *vrais* zombies.

J'allais répondre, quand une idée a surgi dans ma tête.

C'était sûrement une mauvaise idée. Tricia allait la trouver débile. Mais elle plairait certainement à Alec.

– Ça te dirait, à toi, de passer à la télé ? lui ai-je demandé.

Il a arrêté de marcher.

– Faut voir…

– Je viens d'avoir une idée géniale. Si on créait une patrouille anti-zombies ?

Ma sœur a éclaté de rire.

– Et pourquoi pas faire imprimer des tee-shirts avec un gros Z dessus ? Ah, et aussi porter une cape et un collant rouge.

– Très drôle, ai-je grommelé.

– Et elle ferait quoi, cette patrouille ? m'a demandé Alec.

Sa voix tremblait un peu, et j'ai bien vu qu'il n'était pas rassuré.

– Ben, elle patrouillerait dans Franklin Village. Elle traquerait les morts-vivants qui ont terrifié ces pauvres lycéens.

– Hmm, je ne sais pas trop, Kenny. S'il y a vraiment des zombies…

Soudain, ma sœur s'est levée pour filer à l'étage.

– Tu vas où comme ça ? lui ai-je crié.

– Je reviens tout de suite !

Et en effet, elle a réapparu quelques minutes plus tard avec le filet à papillons qui lui avait servi pour un projet de sciences naturelles. Elle me l'a tendu.

– Tiens, Kenny.

– Pourquoi tu me donnes ça ?

– C'est un attrape-zombie. Il suffit de l'abattre sur la tête d'un zombie, et hop.

Et elle a rigolé.

– On t'a déjà dit que tu étais super drôle ? ai-je grondé en jetant le filet par terre.

– Très souvent.

– Eh bien on t'a menti.

Puis, me tournant vers Alec :

– Alors, que penses-tu de mon idée ? Après ce qu'on vient de voir aux informations, à tous les coups, ça nous fera passer à la télé. Et aussi dans le journal, partout ! Ça deviendra viral !

– Ça te fait rigoler, toi, tout ça, a-t-il grommelé. Pas moi.

– Allez, ce serait sympa ! On n'aura qu'à dire qu'on fait ça pour protéger la ville. Tout le monde nous connaîtra ! On deviendra célèbres !

– Pourquoi tu as envie de faire ça, Kenny ? m'a demandé ma sœur en ramassant le filet à papillons. Ça ne te ressemble vraiment pas.

– C'est Halloween, oui ou non ? On a le droit de s'amuser un peu.

– Mouais, a fini par répondre Alec. T'as peut-être raison.

Et voilà comment la patrouille anti-zombies est née. Ça a été marrant pendant huit jours. Jusqu'à ce qu'on tombe sur les premiers *vrais* zombies.

Là, on a compris qu'on était mal partis.

Troisième partie

Cinq jours avant Halloween

25

– Je n'ai pas très faim ce soir, a déclaré papi Mo au dîner.

– Tu n'aimes pas ton hamburger ? lui a demandé ma mère en l'observant. Tu veux que je te prépare autre chose ?

– Tu ne te sens pas bien, papa ? s'est inquiété mon père, la bouche pleine.

Papi Mo avait les yeux perdus dans le vague. Je l'avais remarqué dès qu'on était passés à table. Ses cheveux blancs, toujours parfaitement coiffés, se dressaient par touffes sur sa tête, et il était plus pâle que d'habitude.

– Mes rêves de zombies recommencent, a-t-il répondu. Ils me réveillent la nuit.

Mon père s'est essuyé la bouche avant de reprendre :

– Il faut que tu te rappelles que ce ne sont que des rêves, papa.

– Mais j'ai la sensation que c'est plus que ça, Sal, lui a répondu mon grand-père. Ils paraissent tellement réels !

– C'était déjà le cas quand j'étais petit, je me souviens.

Papi Mo gardait les yeux rivés sur la fenêtre, qui donnait sur la route et, au-delà, sur le cimetière.

– Les zombies…, a-t-il murmuré comme s'il se parlait à lui-même. Ils veulent m'attraper. Ils ne pensent qu'à ça. Quelquefois, dans mon rêve… je sens leurs mains… Elles m'attrapent les poignets et essayent de me tirer de mon lit.

– Euh… papa ? a dit mon père.

Mais l'esprit de papi Mo était très, très loin.

– Leurs mains sont toutes dures et sèches, et froides… Ils m'attrapent. Ils essaient de m'entraîner.

Mon père s'est levé.

– Viens, papa. Laisse-moi t'aider. Tu ne veux pas aller te reposer un peu ? Je te réveillerai tout à l'heure, on mangera de la glace.

Papi Mo a hoché la tête et a laissé mon père l'accompagner dans sa chambre. Ma mère est allée chercher la salade à la cuisine en secouant la tête.

Alec était assis en face de moi. Cela faisait trois soirs de suite qu'il restait dîner à la maison. Ses parents sont végétariens et il disait qu'il n'y a jamais rien de bon à manger chez lui.

– Papi Mo n'est pas dans un bon jour, a déclaré ma sœur.

– Kenny, m'a demandé Alec après avoir avalé sa bouchée de hamburger, tu ne penses pas qu'on devrait lui parler de notre patrouille ? Ça pourrait lui remonter le moral.

– Chut, ai-je murmuré en posant un doigt sur mes lèvres. Surtout pas. Et je ne veux pas non plus en parler aux parents. Je les connais. Ils trouveraient ça trop dangereux.

– Et complètement idiot, a ajouté ma sœur.

Je lui ai balancé une rondelle d'oignon, mais j'ai mal visé et elle est tombée par terre.

– Mon père me répète déjà assez que je devrais passer moins de temps à penser à ces bêtises et me consacrer davantage à mes devoirs, ai-je chuchoté à Alec. Notre patrouille doit rester un secret.

– Qu'est-ce qui est un secret ? a demandé ma mère en revenant.

– Désolé, je ne peux pas te le dire. C'est un secret.

Ça l'a fait rire.

– Oh, tu n'as rien à cacher à tes parents, j'en suis sûre. N'est-ce pas, Kenny ?

– Mais non, maman.

* * *

Après le dîner, on est descendus tous les trois au sous-sol pour réfléchir à la décoration de notre fête d'Halloween.

Tricia était tout excitée. Elle adore les fêtes. Mais Alec et moi, on avait d'autres idées en tête.

Quand je suis allé me coucher, j'ai eu beaucoup de mal à m'endormir. Je n'arrêtais pas de penser à notre patrouille. Jusque-là, Alec et moi avions trouvé quatre gars prêts à se joindre à nous. On s'était donné notre premier rendez-vous le lendemain soir après le dîner.

Les autres croyaient tous qu'il pouvait y avoir de vrais zombies dans le cimetière.

Je leur avais promis qu'on passerait à la télé. Maintenant, couché dans mon lit, les yeux rivés sur les ombres au plafond, je me posais des questions : « Et s'ils avaient raison ? » « Et si mon idée était dangereuse, finalement ? »

Vers deux heures du matin, je me suis enfin senti glisser dans le sommeil. C'est alors que j'ai entendu un gémissement sourd dehors.

Au début, j'ai cru que c'était un chien. Mais un deuxième gémissement m'a paru plus humain.

Je me suis assis dans mon lit, parfaitement réveillé, et j'ai tendu l'oreille. Il faisait plutôt doux pour un mois d'octobre et ma fenêtre était restée ouverte.

Ce cri pouvait-il provenir du cimetière ? Un frisson m'a parcouru le dos.

Une troisième plainte a résonné dans la nuit. Il m'a semblé qu'elle disait : « Aidez-moiiii. »

J'ai voulu sauter de mon lit, mais mes pieds se sont pris dans ma couette et je me suis cassé la figure. Je me suis relevé pour m'approcher doucement de la fenêtre.

« Aidez-moiiii. »

J'ai ouvert le rideau et passé la tête dehors. Une demi-lune jetait une lueur argentée sur le cimetière, faisant briller les tombes.

J'ai cligné des paupières plusieurs fois pour mieux voir. Et soudain, j'ai distingué une silhouette. Il y avait quelqu'un dans le cimetière.

J'ai plissé les yeux. Un chapelet de nuages passait devant la lune, plongeant tout dans l'ombre.

Puis la lune a reparu, et la lumière est revenue.

Cette fois, je voyais distinctement la silhouette, toute vêtue de blanc dans une sorte de longue tunique.

Qu'est-ce qu'elle faisait là ? On aurait dit qu'elle dansait.

Elle battait lentement des bras et semblait flotter sur les vieilles tombes penchées.

« Aidez-moiiii », a répété la créature d'une voix perçante en continuant sa sinistre danse.

Réalisant soudain que j'avais bloqué mon souffle, je me suis forcé à prendre une grande inspiration. Je serrais le rebord de la fenêtre de toutes mes forces, comme pour me retenir de tomber.

Du calme. Je devais reprendre mes esprits, chasser ces pensées terrifiantes qui m'empêchaient de raisonner.

Un fantôme. Une créature est en train de danser dans le cimetière. Est-ce que ça peut être l'un des zombies qui ont poursuivi les jeunes du lycée ?

À cet instant, le fantôme dansant s'est tourné vers moi en sortant des ombres et j'ai découvert son visage. J'ai vu ses yeux pâles et ses cheveux blancs.

Papi Mo.

26

De nouveau, j'ai arrêté de respirer en serrant le rebord de la fenêtre au point de m'en faire mal aux mains. Puis j'ai reculé en titubant, pour ne plus voir le spectacle terrifiant de mon grand-père en train de danser entre les tombes.

Faisant volte-face, j'ai foncé jusqu'à la chambre de mes parents.

– Papa ! Maman ! ai-je braillé en martelant leur porte avec mes poings.

Au bout de quelques secondes, celle-ci s'est ouverte et la tête de mon père est apparue. Il clignait des yeux, les cheveux dans la figure.

– Kenny ? Ça ne va pas ?

– C'est… C'est papi Mo ! ai-je bredouillé d'une voix étranglée. Il faut que tu viennes, vite ! Il est dans le cimetière !

Les paupières de mon père ont papillonné de plus belle.

– Quelle heure est-il ?

– Ce n'est pas le problème, papa ! ai-je dit en le tirant par la manche de son pyjama. On doit aller chercher papi Mo !

Mon grand-père avait besoin d'aide. Ses cris plaintifs continuaient de résonner dans ma tête.

Papa a secoué la tête afin de s'éclaircir les idées.

– Laisse-moi mettre mes pantoufles.

Il a disparu un instant, avant de débouler dans le couloir, chaussons aux pieds, dans son pyjama rayé.

Dévalant l'escalier, on est sortis de la maison au pas de course. *Clac-clac-clac*, faisaient les semelles de mon père sur le bitume.

On traversait la rue quand je me suis rendu compte que j'étais pieds nus. Le sol était froid. Mais ça n'avait pas d'importance. Une seule chose comptait : retrouver papi Mo au plus vite.

Nous courions maintenant sous les arbres qui bordaient le cimetière. Leurs feuilles murmuraient au-dessus de nos têtes. Le clair de lune projetait des ombres tout autour de nous. Mes pieds foulaient la terre battue envahie par les herbes. Quelque chose m'a égratigné le talon, mais j'ai continué sans m'en préoccuper.

Papi Mo se dressait au bout d'une longue rangée de tombes, sa tunique blanche luisant dans la lueur de la lune. Il tournait sur lui-même en se tordant et en roulant des yeux fous.

Je me suis précipité en criant :

– Papi Mo ! Papi Mo !

Il s'est tourné vers moi, mais n'a pas paru me reconnaître. Ses yeux étaient si pâles qu'ils semblaient tout blancs. Son menton tremblait. La brise faisait voleter ses cheveux autour de sa tête.

Mon père nous a rejoints, un peu essoufflé, et l'a pris doucement par les épaules. Papi Mo l'a fixé d'un air hagard.

– Tu ne devrais pas être là, papa, lui a dit mon père. Allez, viens. On te ramène à la maison.

Mon grand-père a hoché la tête, mais je ne savais pas trop s'il nous reconnaissait.

Il avait mis son peignoir blanc. Voyant qu'il s'ouvrait, mon père a resserré sa ceinture et on est rentrés à la maison sans un mot.

On a fait asseoir mon grand-père à la table de la cuisine, où ma mère et ma sœur nous attendaient.

– Je vais te préparer un thé vert comme tu aimes, papi, a proposé ma mère.

Il a hoché la tête, posé un coude sur la table et s'est appuyé la joue dessus.

– J'ai fait un rêve, a-t-il déclaré enfin.

– Un rêve ? a dit mon père en s'asseyant à côté de lui.

– Oui… Les zombies venaient me chercher. Ils me sortaient du lit et ils me forçaient à sortir dans la nuit noire. Ils… Ils…

– Tout va bien, papa, l'a rassuré mon père en lui tapotant l'épaule.

– J'étais dans le cimetière, je dansais au milieu des tombes. Ce sont eux qui m'ont forcé, Sal. Ils m'ont obligé à danser.

Papi Mo a regardé mon père en se frottant le menton avec un bruit crissant.

– C'est un drôle de rêve, non ?

– Ce n'était pas un rêve, papa. Kenny et moi… on t'a retrouvé dans le cimetière. Tu ne te rappelles pas ?

– Mais si, c'était un rêve, a insisté papi Mo.

Ma sœur m'a entraîné dans le couloir pour me chuchoter :

– Ça, c'est nouveau ! Papi Mo doit être somnambule.

– Tu crois ?

– Apparemment, il est sorti alors qu'il était en train de rêver dans son sommeil.

J'ai observé mon grand-père, qui tenait sa tasse de thé entre ses mains tremblantes en battant des paupières. Et soudain, une pensée a surgi dans ma tête.

– Et s'il n'avait pas rêvé ? Si ça s'était passé pour de vrai ? Certains zombies peuvent contrôler l'esprit des gens à distance. J'ai vu ça à la télé, et aussi dans mon jeu vidéo. Imagine… Les zombies se sont peut-être servis de leur pouvoir mental pour le faire sortir ! Si ça se trouve, il dit la vérité !

Tricia a levé le poing… qu'elle a abattu sur mon crâne.

– Hé ! ai-je protesté. Pourquoi tu as fait ça ?

– Pour te mettre du plomb dans la cervelle, Kenny. Tu racontes n'importe quoi.

J'ai de nouveau regardé mon grand-père, dont les yeux perdus dans le vide semblaient voir quelque chose d'invisible.

« Il y a un truc qui cloche, ai-je songé. Un truc qui m'échappe. »

Mais je me faisais peut-être des idées ?

Il n'y avait plus qu'à l'espérer. Mais, pour la première fois de ma vie, j'avais peur pour mon grand-père.

27

Le lendemain soir, après le dîner, la patrouille anti-zombies s'est rassemblée pour sa première aventure. J'avais fixé le rendez-vous devant chez Alec, de peur que mes parents l'apprennent.

Nous étions six au total. Nos quatre recrues étaient tous des garçons de notre classe : Munroe Ferber, Travis Costanza, Sammy White et Jeremy Brodner.

Jeremy nous a fait poireauter vingt minutes. Il nous a expliqué qu'il avait dû s'enfuir de chez lui par la fenêtre de sa chambre parce que ses parents ne l'auraient jamais autorisé à sortir la nuit.

Munroe avait raconté à son père qu'il devait observer les étoiles pour un devoir de classe. Il est petit et trapu, avec de grands yeux ronds et une drôle de voix grave et enrouée. Il déteste son surnom : le Crapaud.

Travis et Sammy, les deux inséparables, habitent de l'autre côté du cimetière. À mon avis, ils se sont tous enrôlés dans la patrouille parce qu'ils sont fans de *Walking Zombies*, et surtout parce qu'Alec et moi, on leur a promis qu'on passerait à la télé.

On avait attendu Jeremy derrière le garage d'Alec, sans se dire grand-chose. Je crois qu'on était un peu nerveux. Quand il est enfin arrivé, tout le monde s'est mis à parler en même temps.

– C'est sérieux, alors ? On va vraiment le faire ? Et vous pensez qu'on va tomber sur des zombies ?

– Mais Alec m'a dit qu'on faisait juste ça pour que les médias parlent de nous !

– Et si on allait plutôt chez moi jouer à *Walking Zombies ?* J'ai la nouvelle version bêta 3 qui n'est même pas encore sortie.

– Trop cool ! Comment tu l'as eue ?

– Je n'ai pas le droit de le dire.

– Mais on fait quoi si on tombe sur des zombies ?

– On hurle.

– On court à toute blinde.

– On les assomme avec une pelle.

– On n'a pas de pelle.

– Bon, allez, les gars, on se reprend ! ai-je dit. Il commence à être tard. Commençons notre patrouille par le cimetière.

– Pourquoi ? On est vraiment obligés d'y aller ? a demandé Sammy.

C'est un grand costaud, qui mesure au moins une tête de plus que moi. Mais il parlait d'un ton geignard et paraissait être un gros trouillard.

– Je me suis juste dit que c'était là qu'on avait le plus de chances de voir des zombies, ai-je observé.

Les autres ont approuvé et on est partis.

Il avait plu une bonne partie de l'après-midi et la terre était boueuse. Les pelouses luisaient sous le clair de lune. On devait faire des écarts pour éviter les flaques.

Sammy a accéléré le pas pour nous rattraper, Alec et moi.

– Hé, les gars, vous êtes sûrs qu'on va passer à la télé ?

Avant que j'aie pu répondre, Travis s'y est mis :

– À mon avis, il nous faut des tenues spéciales. Des sortes d'uniformes de patrouille anti-zombies, quoi.

– Super idée ! s'est enthousiasmé Jeremy. Justement, il y a quelques jours, j'ai vu les uniformes des SEAL[1] de la marine, avec des boots géniaux. On pourrait trouver quelqu'un qui nous fasse les mêmes.

---

1. Principale force spéciale d'opérations maritimes de l'US Navy.

– Il faudrait de l'argent pour ça, ai-je remarqué. Et de toute façon, on n'en a pas besoin.

– On pourrait au moins se faire imprimer des tee-shirts, a insisté Jeremy. Il y a un endroit au centre commercial où ils en vendent des pas chers.

– Ouais ! a dit Sammy. On les commanderait en noir et on ferait imprimer le sigle PAZ dessus.

– Non, a objecté Travis. Il faudrait que ce soit PAZFV !

– Ça veut dire quoi ? ai-je demandé.

– La Patrouille Anti-Zombies de Franklin Village.

Un gros SUV nous a dépassés. À l'intérieur, un enfant s'est retourné pour nous regarder par la vitre arrière. Les roues de la voiture ont fait gicler une grande gerbe d'eau sur le trottoir.

À cet instant, la lune a disparu derrière une épaisse couche de nuages et tout a été plongé dans le noir comme quand on éteint les lumières dans une salle de spectacle. On était arrivés devant l'entrée du cimetière.

– En tout cas, on devrait se faire des cartes de membre, a repris Travis. Oh, et se trouver une poignée de main secrète. Un truc comme ça, par exemple.

Il a saisi la main de Jeremy pour la secouer avec énergie.

– Hé ho ! On arrête, maintenant ! me suis-je exclamé.

Je me suis posté devant le groupe en levant les mains pour réclamer le silence.

– Vous ne prenez pas les choses au sérieux, les gars. Vous voulez trouver des zombies, oui ou non ?

– Non. Nous, on veut juste passer à la télé, m'a répondu Munroe.

Les autres ont rigolé.

– Eh bien on n'y arrivera pas grâce à des uniformes, des tee-shirts ou des cartes de membre, ai-je répliqué. Il nous faut une histoire à raconter aux journalistes. Et pour ça, on doit trouver des zombies.

– Mince, j'ai marché dans une flaque ! a grogné Jeremy. Mon jean est trempé !

– Ça va être plein de boue dans le cimetière, a observé Sammy. On ferait peut-être mieux d'aller ailleurs.

– En plus, il fait complètement noir, maintenant, a marmonné Munroe. Où est passée la lune ?

– J'ai pris une lampe torche, ai-je dit en la sortant de mon sac à dos. Allez, les gars, assez discuté. C'est super important de commencer par le cimetière. Les journalistes vont adorer !

– Suivez-nous ! a ajouté Alec. Et restez groupés.

Ils ont encore râlé un peu, mais on a arrêté de les écouter. On a poussé la grille et on est entrés.

J'ai levé les yeux vers le ciel. Les nuages étaient lourds et chargés de pluie. J'ai allumé ma lampe torche, qui a projeté un rond de lumière blanche sur les rangées de tombes.

On s'est engagés dans la première allée. J'éclairais toutes les tombes les unes après les autres. Beaucoup étaient très vieilles et les stèles penchaient en arrière, comme si le vent les avait poussées peu à peu.

Mes chaussures s'enfonçaient dans la boue et de l'eau froide s'insinuait à l'intérieur.

Le seul bruit audible était le *plop plop* de nos pas dans la gadoue. Les seules choses qui bougeaient étaient les grands arbres, dont les vieilles branches gémissaient au-dessus de nos têtes.

J'ai regardé le ciel en espérant que la lune allait bientôt reparaître de derrière les nuages, mais il semblait faire de plus en plus noir.

Alec a buté sur une racine et je l'ai rattrapé juste à temps. Malgré la fraîcheur, des gouttes de transpiration perlaient sur son front.

– Je ne vois rien de spécial, a-t-il murmuré en suivant des yeux le rayon de ma lampe. Rien ne bouge ici.

Arrivés au bout de l'allée, on a tourné pour prendre une petite pente qui menait au groupe de tombes suivant.

– Les morts dorment à poings fermés cette nuit, a ajouté Alec.

Tandis que nous avancions en dérapant sur l'herbe mouillée du chemin, une rafale a secoué les arbres et fait grincer les branches.

Tout à coup, je me suis rappelé les quatre autres. On ne les entendait plus. Ils avaient dû ralentir.

– Hé, les gars ! ai-je lancé en me retournant. Ce n'est pas le moment de traîner !

Mais ils n'étaient nulle part.

– Munroe ! Jeremy ?

Ma voix était étouffée par le vent et j'ai crié de nouveau, les mains en cornet autour de ma bouche.

Toujours pas de réponse.

J'ai balayé le bas de la pente avec ma lampe torche : aucun signe de la bande.

– Mais où sont-ils passés ? a demandé Alec d'une voix rendue aiguë par le stress. Ils n'ont pas pu disparaître comme ça.

– Viens, on va les chercher.

On a fait demi-tour.

– Hé, les copains ! ai-je crié de toutes mes forces. Vous êtes où ? Ne faites pas les idiots, ce n'est pas drôle ! Répondez !

Silence.

J'ai senti mes cheveux se hérisser sur ma nuque. Et j'avais la gorge toute sèche.

– I-il leur est a-arrivé quelque chose, ai-je bafouillé.

Alec a hoché la tête sans un mot, la respiration saccadée. Il n'était pas plus rassuré que moi.

À cet instant, on a entendu des grattements énergiques derrière nous. On s'est retournés… et on est restés bouche bée en voyant quelque chose surgir de derrière une grande stèle.

28

Alec m'a agrippé le bras. On a reculé en titubant, avant de filer se cacher derrière un gros arbre.

Le tronc sentait le moisi et l'humidité, mais ça ne m'a pas empêché de m'y agripper de toutes mes forces. Jetant un coup d'œil prudent vers la tombe, j'ai regardé la silhouette en sortir en rampant et se frayer un chemin dans l'allée.

Je n'arrivais pas à voir ce que c'était. La créature bougeait très lentement, comme si elle sortait d'un long sommeil… le sommeil de la mort. Enfin, elle a tourné pour commencer à descendre la pente.

Je devais me forcer à respirer, j'avais l'impression que mon cœur allait exploser dans ma poitrine.

– C'est quoi, ce truc ? ai-je murmuré.

– Ta lampe, m'a rappelé Alec en me soulevant le bras.

J'avais totalement oublié que je l'avais. J'ai braqué le rayon sur la mystérieuse créature, et j'ai sursauté.

– Trevor ! ai-je lâché d'une voix étranglée. Trevor, qu'est-ce que tu fais là ?

J'ai baissé ma lampe et on s'est approchés.

– Trevor ? Salut ! Tu te souviens de nous ? Je suis Kenny, ton voisin.

– Ah, salut, m'a-t-il répondu à mi-voix en hochant la tête.

– Qu'est-ce que tu fais là ? a répété Alec.

– Et vous ? a répliqué Trevor.

Il nous examinait froidement, sans sourire.

– On… On a créé une patrouille pour, euh, pour traquer les zombies, ai-je avoué.

Il a réfléchi un moment avant de demander :

– C'est une sorte de jeu ?

– Non, a dit Alec. C'est sérieux. Tu n'as pas vu aux infos ce qui est arrivé à une bande de lycéens du coin ? Ils disent qu'ils ont été pourchassés par des zombies de ce cimetière.

– Non. Mais… c'est quand même un jeu, pas vrai ? Enfin, vous ne croyez pas vraiment aux zombies ?

– Ben… si, a admis Alec.

J'ai inspecté les vêtements de Trevor. Ils ne portaient pas de traces de boue. Il ne sortait pas d'un caveau. Trevor se promenait simplement *entre* les tombes.

Quant à savoir pourquoi…

– Tu n'as pas vu passer quatre garçons ? lui a demandé Alec. Ils font partie de notre patrouille.

– Je n'ai vu personne, a répondu Trevor en rabattant sa capuche sur son visage. Mais vous croyez sérieusement qu'il y a des zombies à Franklin Village ?

– On ne sait jamais, ai-je dit.

– Vous devriez faire attention. Ça pourrait être dangereux. *Très* dangereux.

Il s'était penché vers nous et nous a fixés tour à tour. Il avait brusquement changé d'attitude et parlé sur un ton grave, qui ressemblait à un avertissement.

Ou à une menace.

Ça m'a fait froid dans le dos.

– On sera prudents, ai-je assuré.

– Vous avez intérêt.

– Tu ne veux pas te joindre à nous ? lui a soudain proposé Alec.

– Non, merci, a aussitôt répondu Trevor. Je ne trouve pas que ce soit une bonne idée.

– On va juste faire ça quelques soirs, ai-je précisé.

– De toute façon, je ne peux pas. Et vous devriez arrêter… avant de vous attirer des problèmes.

Là-dessus, il a tourné les talons et descendu la petite butte à grandes enjambées, les mains dans les poches.

– Hé, attends ! lui ai-je crié. Tu ne nous as pas dit pourquoi tu étais là !

– Je me promène ! m'a-t-il lancé avant de disparaître dans le noir.

– Drôle de mec, a déclaré Alec après un silence. Franchement, il me fait flipper.

– J'ai cru qu'il était sorti d'une tombe, ai-je admis.

– Mais il n'y avait pas de boue sur ses vêtements ni rien.

– Tu le crois, toi, quand il dit qu'il se promène ?

– Je n'arrête pas de penser aux cercueils dans son salon, Kenny. Ça en fait un pour chaque membre de sa famille.

– Ce serait bien de pouvoir les regarder de près.

– Ça ne nous dit pas où sont passés les autres, a observé Alec. Je m'inquiète vraiment pour eux.

– Tant pis, j'ai trop peur. Filons d'ici.

On a repris l'allée vers la sortie. L'herbe s'agitait à gauche et à droite, balayée par le vent. Les arbres grinçaient. On aurait dit que tout le cimetière s'était brusquement animé.

Soudain, j'ai vu une autre silhouette débouler de derrière une tombe. Une grande forme sombre a fondu sur nous à quatre pattes à toute vitesse.

Ses horribles yeux rouges luisaient dans le noir. Un grondement menaçant a jailli de sa gorge.

J'ai lâché ma lampe, pétrifié de terreur.

Mais j'avais eu le temps de bien voir la créature avant qu'elle me bondisse dessus.

Avant qu'elle me jette par terre et baisse la tête vers moi en ouvrant grand les mâchoires.

29

– Couché ! Couché ! a braillé Alec.

Et il a plongé pour essayer de tirer l'énorme chien en arrière.

Celui-ci me maintenait cloué au sol et me couvrait de bave chaude en me montrant les crocs.

– Couché ! Dégage ! a crié Alec par-dessus les grognements et les halètements du monstre.

Enfin, le saisissant à bras-le-corps, il a réussi à m'en débarrasser.

Avec un grondement furieux, la bête s'est tournée vers Alec, qui a reculé… et buté sur le bord d'une pierre tombale. Tandis qu'il se redressait, le chien s'est raidi sur ses pattes, prêt à bondir.

Alors que j'essuyais la bave sur mon visage, j'ai eu une idée. J'ai glissé une main tremblante dans la poche de mon jean et replié les doigts sur les Cervelles de zombie.

– Hé, le chien ! ai-je crié. Tu as faim ?

J'ai sorti le paquet que j'ai agité sous son museau, avant de le jeter vers lui. Les Cervelles de zombie se sont éparpillées dans l'herbe. Le monstre allait-il se laisser tenter, ou préférer se jeter sur nous ?

Sans attendre de connaître la réponse, j'ai aidé Alec à se relever et on a filé à fond de train vers la sortie.

Quand j'ai risqué un coup d'œil derrière moi, j'ai vu le chien qui engloutissait les bonbons, le museau au ras du sol.

Gagné ! Une victoire éclatante pour Kenny Manzetti !

On n'avait jamais couru aussi vite. Nos chaussures martelaient le sol boueux comme des baguettes de tambour. Enfin, on a franchi la grille et atteint la rue. Et on a failli foncer dans deux filles qui passaient à vélo en roulant côte à côte.

– Hé ! Mais ça va pas ? nous a crié l'une d'elles.

– Des zombies ! a lâché Alec.

Je ne sais pas pourquoi il a dit ça. Sans doute parce que c'est la première chose qui lui a traversé l'esprit.

Arrivés chez moi, on a bien refermé la porte derrière nous. On était au milieu de l'escalier lorsque mon père est apparu en bas des marches.

– Qu'est-ce qui se passe, les garçons ? Vous avez un problème ?

– Euh..., ai-je répondu, le souffle court. Alec est venu m'aider à faire mon devoir de sciences naturelles.

– Pas de jeux vidéo, ce soir ?

– Non, a dit Alec. On a du travail.

Je m'en voulais de mentir à mon père, mais je ne voulais pas parler de la patrouille à mes parents. Alec et moi, on s'est précipités dans ma chambre.

On avait survécu à l'attaque du chien grâce aux Cervelles de zombie, mais Alec avait une longue estafilade sur un bras.

Il a jeté par terre son blouson tout neuf, dont une poche était déchirée.

– Qu'est-ce qu'on fait pour nos quatre copains ? m'a-t-il demandé. Tu ne crois pas qu'on devrait prévenir la police ?

– Il vaudrait mieux prévenir leurs parents d'abord. Ou les miens. En tout cas, on doit en parler à quelqu'un. Ils se sont quand même volatilisés d'un seul coup !

Ça me rendait malade rien que d'y penser. Et dire que c'était nous qui les avions entraînés là-dedans !

– Je suis d'accord, m'a répondu doucement Alec. Il faut faire quelque chose.

À ce moment-là, la sonnerie de mon portable m'a annoncé l'arrivée d'un message. Je l'ai lu rapidement.

– C'est pas vrai ! J'y crois pas ! me suis-je écrié. C'est un message de Munroe, justement !

– Qu'est-ce qu'il dit ?

– « C'était trop flippant. On est rentrés chez nous. Si on faisait plutôt un club Star Wars ? »

Alec a battu des paupières avant d'éclater de rire.

– Ha ha ! Quelle bande de dégonflés !

– Au moins, ils vont bien, ai-je dit. Quelles poules mouillées ! Ils auraient au moins pu nous prévenir !

– Tant pis, on se passera d'eux. On recommence demain soir ? m'a proposé Alec en remettant son blouson.

– Je ne sais pas. J'ai peur que mes parents…

– Ce week-end, alors.

Puis Alec est parti et je me suis mis en pyjama. J'étais encore un peu à cran après toutes ces émotions. J'avais froid, et je frissonnais toutes les deux minutes.

Et dès que j'ai posé la tête sur mon oreiller, des images de la soirée se sont mises à défiler dans ma mémoire. Je n'arrêtais pas de revoir les tombes luisant au clair de lune, plantées dans la terre boueuse. Et Trevor qui surgissait de derrière une stèle. Il avait un comportement tellement froid, tellement bizarre…

Qu'est-ce qu'il fabriquait tout seul dans le cimetière en pleine nuit ?

Puis j'ai revu le chien aux yeux rouges, et ses grands crocs juste devant mon visage.

J'étais encore totalement réveillé quand j'ai entendu d'horribles gémissements derrière ma fenêtre. Je me suis assis, les oreilles à l'affût. Mes rideaux étaient doucement agités par un souffle d'air.

Un autre gémissement. On aurait dit quelqu'un qui avait mal.

Encore un gémissement, suivi de cris perçants.

Je suis allé à la fenêtre et j'ai écarté les rideaux.

Pas d'erreur possible : ces bruits horribles venaient de chez Trevor. Sa maison était plongée dans le noir.

Une nouvelle plainte a retenti.

– Owooooooooohh.

Je dois découvrir ce qui se passe dans cette maison, ai-je décidé.

La gorge nouée, j'ai enfilé mon jean par-dessus mon pyjama, avant de dénicher une paire de tongs dans mon placard.

Et je suis sorti sans bruit dans le couloir. La porte de la chambre de papi Mo était fermée, mais j'ai vu un rai de lumière filtrer dessous. Apparemment, il n'arrivait pas à dormir, lui non plus.

Je suis descendu à pas de loup pour ne pas faire grincer le parquet et je suis sorti. La lune était maintenant haute dans le ciel. Le vent faisait voler les feuilles mortes devant chez moi.

Les bras croisés pour me tenir chaud, j'ai traversé la pelouse. Je me rapprochais de chez Trevor quand un nouveau cri sinistre m'a immobilisé. Il venait de l'intérieur.

Mes jambes refusaient d'avancer. Mon cœur battait comme un fou dans ma poitrine.

Je me suis forcé à aller jusqu'à la fenêtre du salon en courbant le dos pour ne pas être vu. Une lumière grisâtre se déversait dans la pièce.

J'ai pris une grande inspiration avant de me redresser et de glisser un coup d'œil à l'intérieur.

30

Une fois mes yeux accoutumés à la pénombre de la pièce, j'ai distingué Trevor affalé sur le canapé, deux oreillers glissés sous la tête.

Un poste de télé diffusait une lumière grisâtre. Trevor fixait l'écran, parfaitement réveillé.

Il regardait *Walking Zombies*.

Une longue plainte sourde s'est échappée du poste tandis qu'un cercle de zombies se resserrait autour d'un groupe de victimes sans défense. Je connaissais cet épisode et il était très réussi. Trevor semblait l'apprécier aussi. Il a ri aux éclats quand les zombies ont attaqué.

Soudain, il a bougé et j'ai baissé vivement la tête. J'ai attendu plusieurs secondes, pour être sûr qu'il ne m'avait pas repéré. Puis, le dos courbé, je suis reparti chez moi à toute vitesse, poursuivi par les cris et les gémissements.

De retour dans ma chambre, je ne pouvais plus m'arrêter de frissonner. Je me suis enfoui sous la couette pour me réchauffer et je suis resté sans bouger, les yeux au plafond, à essayer de me calmer.

Je me posais de plus en plus de questions à propos de Trevor. Il n'y avait rien de bizarre à ce qu'il regarde *Walking Zombies*. Ce qui me perturbait, c'était la façon dont il avait ri en voyant les gens se faire dévorer par les zombies. Qu'est-ce que ça signifiait ? Qu'il avait un sens de l'humour tordu ? Ou simplement qu'il aimait bien regarder des séries sur les zombies ? Cela dit, il n'était pas le seul. Alec et moi, ça nous plaisait aussi.

Peu après, j'ai entendu une porte claquer, et des voix chuchoter dehors.

Une fois de plus, je me suis relevé pour filer à ma fenêtre. La lumière du perron était allumée chez Trevor, et il descendait l'allée de sa pelouse vers la rue avec ses parents.

Où pouvaient-ils aller à une heure pareille ?

Ils marchaient vite, avec leurs capuches rabattues sur la tête, et je n'ai pas pu voir leurs visages. Les parents de Trevor étaient grands et minces.

– Étrange d'aller se promener à trois à minuit, ai-je marmonné.

Tout de suite après, je me suis rendu compte que c'était l'occasion ou jamais de me glisser chez eux pour élucider le fameux mystère des trois cercueils.

Je ne savais pas ce que je cherchais, mais j'espérais bien tomber sur un indice.

J'ai pensé appeler Alec, mais il devait déjà dormir. Sans compter que ses parents ne le laisseraient jamais ressortir. Réveiller Tricia ? Elle ne ferait que me traiter d'idiot et me dire de me recoucher.

J'ai remis mon jean et mes tongs.

Bon. Trevor et ses parents étaient sortis. Ce serait facile — et rapide — d'inspecter le contenu de ces cercueils.

Si trois zombies vivaient à côté de chez moi, il fallait que je le sache.

Et ça ferait du bien à papi Mo de connaître la vérité. Le pauvre, il avait tellement peur…

De nouveau, je me suis glissé dehors.

Cette fois, après avoir remonté discrètement l'allée, j'ai fait le tour de la maison jusqu'à l'arrière en courant. Mes tongs glissaient dans l'herbe humide.

J'ai vu une maigre lumière dans la cuisine. Une véranda longeait toute la façade de derrière. J'ai actionné la poignée de la porte, qui s'est ouverte aussitôt.

Bon, ce n'est pas vraiment une effraction, ai-je songé. *Je jette juste un coup d'œil et je ressors tout de suite. Je ne toucherai à rien — à part aux cercueils.*

La porte de la cuisine n’était pas verrouillée non plus. Je l’ai ouverte en silence et je me suis glissé à l’intérieur.

31

Une délicieuse odeur d'épices flottait dans la cuisine. J'ai regardé autour de moi : tout paraissait normal.

Je sentais le sang battre dans mes tempes. *Franchement, je suis vraiment en train de faire ça ? Fouiller chez les voisins à minuit passé ?*

Mais j'avais besoin de savoir. J'ai foncé au salon et examiné la pièce.

La télévision était restée allumée, et il passait un *Indiana Jones* avec Harrison Ford. Les meubles étaient en bois sombre, lourds, encombrants et démodés.

Aucun signe des cercueils.

Faisant demi-tour, j'ai suivi un long couloir. Heureusement que la lumière était restée allumée, sinon je me serais pris les pieds dans les grands tableaux posés par terre contre le mur. Des portraits de personnages très sérieux habillés de noir.

Ils n'avaient pas dû avoir le temps de les accrocher.

Les portes des chambres étaient ouvertes. J'ai passé la tête dans chacune d'elles. Toutes étaient meublées dans le même style vieillot que le salon. L'une d'elles était pleine de cartons qui n'avaient pas été ouverts.

Je me suis arrêté devant celle de Trevor. Elle comprenait un lit au couvre-lit de couleur sombre, une commode, un bureau, et une petite bibliothèque vide sous la fenêtre.

Trevor n'avait pas dû avoir le temps de vider ses cartons non plus.

Toujours pas de cercueils.

Où étaient-ils passés ? *Où ?*

Cette expédition me prenait plus de temps que prévu. Je commençais à avoir les jambes en coton. Je me suis secoué.

Il n'y avait pas d'étage. Mais peut-être y avait-il un sous-sol ?

Gagné. Au bout du couloir, une porte s'ouvrait sur un escalier qui descendait. Il y faisait noir comme dans un puits, et j'avais oublié de prendre ma lampe torche.

Allais-je prendre le risque d'allumer la lumière ? C'était le seul endroit de la maison que je n'avais pas visité. Donc, le seul endroit où j'avais encore une chance de trouver les cercueils. À tâtons, j'ai cherché l'interrupteur sur le mur. Il m'a fallu trois essais pour le trouver.

Les marches étaient raides et craquaient sous mes pas. Plus je descendais, plus il faisait froid et humide. Le silence était seulement troublé par ma respiration sifflante.

En bas de l'escalier, j'ai regardé autour de moi. Le sous-sol était une sorte de longue galerie étroite, tapissée de moquette rouge foncé.

Ici aussi, il y avait des piles et des piles de cartons. J'ai repéré des fauteuils, un canapé et une montagne de gros coussins.

Et, au milieu de la galerie… les trois cercueils. Leur bois sombre luisait sous les ampoules du plafond. Ils étaient fermés par des couvercles bombés, lisses et brillants.

Je les avais trouvés.

Aurais-je le cran d'en ouvrir un ?

Ne réfléchis pas, Kenny. Vas-y.

Une voix dans ma tête me disait de saisir le couvercle et de le soulever.

Une autre me commandait de prendre mes jambes à mon cou.

Mais il était trop tard pour ça, maintenant que les cercueils se trouvaient juste devant moi.

Je me suis approché du premier. Il dégageait une odeur presque sucrée, comme si on venait de le cirer. J'ai commencé à pousser le couvercle. Soudain, je me suis arrêté en entendant un frottement, suivi d'une toux.

Lorsque je me suis retourné… j'ai vu Trevor qui me dévisageait depuis le bas de l'escalier.

– Qu'est-ce que tu fais là, Kenny ? m'a-t-il demandé sèchement.

32

Mon cœur a eu un raté et j'ai senti mes genoux me lâcher. J'ai cru que j'allais tomber dans les vapes.

J'ai voulu parler, mais aucun son n'est sorti de ma bouche.

Que pouvais-je dire ? J'étais pris en flagrant délit. Et peut-être même, pris en flagrant délit par un zombie dans sa cave.

– Qu'est-ce que tu fais là, Kenny ? a répété Trevor en avançant vers moi.

Ses yeux luisaient sous l'éclairage du plafond. Son visage était en partie masqué par sa capuche, mais je distinguais clairement son expression menaçante.

– Eh bien… je… je…

Impossible de trouver une excuse.

Et je ne pouvais pas m'empêcher de penser qu'il m'avait découvert en descendant au sous-sol pour se coucher dans son cercueil. Si c'était le cas, il ne devait pas être content que j'aie appris son secret.

Qu'allait-il me faire ?

J'ai cherché une issue, mais le seul moyen de sortir était de prendre l'escalier.

Les yeux luisants de Trevor se sont rivés sur les miens comme s'il essayait de lire dans ma tête.

Soudain, il a abaissé sa capuche et il a déclaré :

– Oh… ça y est… J'ai compris.

– Écoute, Trevor, je… je suis désolé, ai-je bredouillé.

– J'ai compris. Tu voulais savoir ce qu'il y avait dans les cercueils.

– Euh…

Je n'arrivais toujours pas à former une phrase. C'était le moment le plus embarrassant et le plus terrifiant de ma vie.

– C'est bien ça, non ? a insisté Trevor. Tu as vu les déménageurs les porter dans la maison et tu te demandes ce qu'il y a dedans.

J'ai réussi à hocher la tête.

– Eh bien, vas-y, ouvre, a-t-il repris en me désignant le cercueil le plus proche. Ne te gêne pas, Kenny.

Je l'ai regardé, bouche bée.

– Sérieux ?

– Mais oui, vas-y.

J'ai pris une grande inspiration, j'ai reposé les mains sur le couvercle et j'ai poussé.

33

J'ai ouvert le couvercle en grand et fixé l'intérieur. Le cercueil était rempli à ras bord de piles de chemises et de pulls, soigneusement pliés.

Hein ?

– Continue, ouvre les autres ! m'a dit Trevor.

Me rejoignant, il m'a aidé à refermer le couvercle avant de me conduire au deuxième cercueil.

– Allez ! Vas-y ! C'est bien pour ça que tu es venu, non ?

J'ai obéi, et découvert à l'intérieur des piles de vieux livres.

J'ai reculé d'un pas.

– Écoute, Trevor. Je… Je suis désolé. Je ne sais pas quoi te dire. Je…

– Tu veux que je t'explique ce que ces cercueils font ici ? Eh bien, figure-toi que mes parents tenaient un salon funéraire à Birmingham. Tu sais, la ville d'à côté. Mais ils n'ont pas pu renouveler le bail de la location.

– Je suis vraiment désolé, ai-je répété, super gêné. Je ne savais pas…

– Ils ont dû fermer leur salon et ils se sont retrouvés avec ces cercueils de luxe sur les bras. Ils n'ont trouvé personne pour les acheter. Alors, au point où ils en étaient, ils ont décidé de s'en servir pour entreposer des affaires.

Trevor a refermé le couvercle.

– Voilà, tu connais toute l'histoire, a-t-il conclu avec un sourire de travers.

Je ne savais plus où me mettre. Quel idiot j'étais ! J'aurais voulu disparaître sous terre.

– D-Désolé, ai-je bredouillé de nouveau.

– Tu t'attendais à trouver quoi dans ces cercueils ? m'a demandé Trevor en plissant les yeux.

J'ai haussé les épaules. Pas question de lui avouer que je les avais pris, ses parents et lui, pour une famille de zombies !

– Des morts ? a-t-il suggéré. Tu pensais qu'on avait mis des morts dedans ?

– Non ! Je… J'étais curieux, c'est tout.

Il m'a observé longuement.

– Ça faisait partie de la mission de ta patrouille anti-zombies de venir ici ? Tu as cru que tu allais en trouver chez moi ?

– Bien sûr que non ! Tu rigoles ? Je… Je ne crois même pas aux zombies.

– N'empêche que tu étais dans le cimetière avec ton copain…

– Alec y croit, mais moi non. Je te l'ai dit, Trevor : j'ai vu les déménageurs porter les cercueils et ça m'a intrigué.

– Tu m'épiais, alors ?

– Non, je t'assure ! On était contents d'avoir de nouveaux voisins !

Il a hoché la tête, tout en continuant à me scruter comme pour lire dans mes pensées.

– Voilà, eh bien, maintenant, tu sais tout, a-t-il ajouté doucement.

– Oui. Bon, il est tard. Je ferais mieux de rentrer chez moi, ai-je bredouillé en me rapprochant de l'escalier.

À ce moment-là, Trevor s'est retourné en posant une main osseuse sur mon épaule.

– Désolé, Kenny, a-t-il lâché dans une sorte de grondement sourd. Mais tu ne rentreras pas chez toi ce soir.

– Pardon ? ai-je demandé en sursautant, saisi par la peur.

– Tu ne rentreras pas chez toi ce soir, a-t-il murmuré. Tu en as trop vu.

34

Un frisson m'a parcouru le dos.

– De-de quoi tu parles ? ai-je bredouillé.

Il a rejeté la tête en arrière et éclaté de rire.

– Je blaguais ! Tu ne l'as pas volé, avoue. Tu t'es quand même introduit chez moi par effraction.

– C'est vrai, ai-je marmonné. Encore désolé.

– Tu me prends encore pour un zombie ou je ne sais quoi, je parie. Admets que tu as encore peur de moi.

– Pas du tout ! ai-je protesté en tâchant de masquer que j'avais la trouille. Qu'est-ce que tu vas imaginer ? Tu m'as juste pris de court.

Il a quand même eu un petit rire. Je ne devais pas avoir l'air très convaincant.

J'avais hâte de sortir de là. J'avais eu ma dose d'émotions pour la soirée. Ah, si j'avais su ce que me réservait le lendemain soir !

* * *

Je n'ai pas parlé à mes parents de mon expédition chez les voisins, mais je l'ai racontée à papi Mo.

Le lendemain matin, je l'ai trouvé seul dans la cuisine, devant son assiette de flocons d'avoine et son verre de jus de pamplemousse. Mes parents étaient déjà partis au travail.

Je me suis assis en face de lui avec un jus de pommes. Il n'avait vraiment pas l'air en forme. Il m'a regardé vaguement avec des yeux rouges et larmoyants. Sa peau toute sèche pelait sur ses joues.

– Tu t'es endormi très tard hier soir, papi Mo.

– Comment tu le sais ? m'a-t-il demandé en plongeant sa cuillère dans son assiette.

– J'ai vu de la lumière sous ta porte.

Puis je lui ai raconté mon aventure de la veille chez Trevor.

Il a secoué la tête en marmonnant quelque chose que je n'ai pas compris.

– Qu'est-ce qui ne va pas, papi ? Je croyais que tu serais content de savoir que les nouveaux voisins sont des gens normaux.

– Oui, c'est une bonne nouvelle, a-t-il admis après un long silence. C'est très bien. Mais n'empêche…

Puis il a laissé sa phrase en suspens.

– N'empêche que quoi ?

– Il se fait tard, dis donc, m'a-t-il répondu en s'essuyant les yeux. Tu ferais bien de te préparer à partir au collège.

Alors que je me levais, Tricia a déboulé dans la cuisine vêtue d'un pull rouge, d'une jupe et d'un collant noirs, prête à partir en cours.

– Vous m'avez l'air bien sérieux, ce matin ! a-t-elle observé. Vous parlez de quoi, tous les deux ?

– De la saison de foot, ai-je répliqué.

Elle m'a regardé d'un air soupçonneux.

– Tu t'intéresses au foot, toi, maintenant ?

– Absolument pas. Je t'ai menti.

Elle m'a donné une tape sur la tête en se dirigeant vers le placard.

– Tu préfères des céréales ou une tartine ?

– Une tartine au beurre de cacahuètes.

– Dans ce cas, prépare-la toi-même. Je m'en mets toujours plein les doigts.

– C'est pour ça que les gens utilisent un couteau, figure-toi.

Moi, je trouvais ça drôle, mais ça ne l'a pas fait rire.

Puis je me suis retourné vers papi Mo, qui avait toujours son étrange regard perdu dans le vide. Il semblait avoir oublié ses flocons d'avoine et continuait à marmonner en secouant la tête.

Enfin, il a levé les yeux vers moi pour me dire :

– La menace zombie est toujours là. Je suis un vieux bonhomme, mais je sais de quoi je parle.

* * *

Arrivé au collège, j'ai cherché Alec pour lui raconter mon aventure nocturne.

– Tu vois, on s'était bien trompés sur lui, ai-je conclu.

– Je le trouve quand même bizarre, m'a répondu Alec. Mais on peut le rayer de la liste des zombies à surveiller.

Le samedi soir, lui et moi, on est ressortis en patrouille. J'avais tenté de convaincre les quatre autres de revenir mais ils allaient voir *Star Trek* au cinéma. Ils m'ont expliqué qu'ils étaient passés à autre chose. Les zombies, pour eux, c'était de l'histoire ancienne.

Comme si *Star Trek* n'était pas de l'histoire ancienne…

– Laisse tomber, m'a dit Alec. Ils s'en mordront les doigts quand ils nous verront à la télé et que tout le monde parlera de nous.

Mais la soirée n'a pas été passionnante, en tout cas au début. On a juste tourné dans le quartier sans rien voir de particulier. C'était peut-être parce qu'on avait décidé de garder le cimetière pour la fin.

On a commencé par l'école primaire, et on a patrouillé dans la cour de récré. Des grands du lycée faisaient du VTT sur le terrain de foot. C'est strictement interdit. Mais ce n'était pas nous qui allions le leur rappeler.

Le terrain de basket était allumé. Un grand gars en short et en sweat-shirt gris s'entraînait à faire des paniers. Il en ratait beaucoup et ça l'énervait.

– Zéro zombie à l'école, a tranché Alec.

– Ce n'est pas comme ça qu'on va passer à la télé, ai-je grommelé.

À quelques rues de là, il y a le grand bois du parc du Pêle-Mêle, qui ressemble à une petite forêt. Je n'y étais pas encore allé.

À la lisière du bois, j'ai promené le rayon de ma lampe sur les troncs nus. Rien ne bougeait. J'ai bien entendu des feuilles crisser quelque part sur ma droite, mais ça devait être un daim ou un animal du même genre.

– À mon avis, ce n'est pas la peine de patrouiller ici, ai-je diagnostiqué. C'est le calme plat.

– Zéro zombie, a acquiescé Alec.

Apparemment, c'était sa formule de la soirée.

Et, en effet, on a fait une patrouille zéro zombie. On a renoncé et fait demi-tour quelques centaines de mètres après le bois. L'air était humide, et le froid annonçait la neige. J'ai enfoui les mains dans les poches de mon blouson.

Alec s'est mis à siffloter un air que je n'ai pas reconnu. Il est doué pour siffler. On ne parlait pas. On savait que cette patrouille était une perte de temps.

Un gros SUV est arrivé derrière nous, rempli de jeunes qui écoutaient du rap à fond. Ils ont klaxonné en nous dépassant à toute vitesse.

– Au moins, il y en a qui s'amusent, ai-je marmonné. On aurait mieux fait de rester chez moi à jouer à *Walking Zombies*.

– C'est sûr qu'on en aurait vu plus qu'en sortant, a blagué Alec.

Au tournant d'Ardmore Road, le cimetière est apparu sur notre gauche. On était presque parvenus devant chez moi lorsqu'on a réalisé qu'il s'y passait quelque chose.

Qui étaient tous ces gens assemblés autour d'une grande tombe ? Que fabriquaient-ils là en pleine nuit ?

– C'est dingue, a soufflé Alec en plaquant les mains sur son visage. Non mais c'est dingue…

Mon cerveau a enfin compris ce que je voyais, et j'ai étouffé un cri d'horreur.

35

Quatre ou cinq personnes tournaient en cercle autour de la tombe. Ils marchaient bizarrement, d'un pas raide, les bras ballants le long du corps.

– Viens, allons voir de plus près, ai-je chuchoté à Alec.

On a traversé la rue et on s'est arrêtés devant le grand portail.

J'ai scruté l'intérieur du cimetière à travers les barreaux en fer forgé, et réprimé un nouveau cri en découvrant les visages des participants. Il manquait des pans de peau entiers sur leurs fronts et sur leurs joues. Leurs bouches sans lèvres découvraient des dents pointues.

– C'est dingue, c'est carrément dingue…, répétait Alec.

Ils portaient des vêtements en lambeaux, mais pas de chaussures, et on distinguait les os de leurs orteils au bout de leurs pieds à moitié pourris. Certains n'avaient plus que des os à la place des mains. Deux avaient des trous noirs au lieu d'yeux.

– Des zombies, ai-je lâché. Des morts. Des morts-vivants. On les a trouvés.

Figé par la peur, les mains agrippées aux barreaux, je regardais fixement les silhouettes tout raides qui tournaient en vacillant autour de la tombe.

Soudain, ils ont soulevé quelqu'un qui était resté jusque-là caché par la pierre tombale. Deux des horribles créatures l'ont tiré rudement de derrière la tombe.

– Hé ! Qu'est-ce qui se passe ? a soufflé Alec. Regarde, Kenny ! Ils ont capturé un homme ! On dirait…

Puis sa voix s'est étranglée et il s'est tu.

Les zombies avaient entouré l'homme. J'ai plaqué mon visage contre la grille pour essayer de mieux voir. Et j'ai reconnu ces cheveux blancs et ce visage pâle…

– Oh nooon ! C'est papi Mo ! Ils détiennent papi Mo !

36

Je n'ai pas pris le temps de réfléchir : me décollant de la grille, j'ai foncé au portail et je suis entré.

Suivi de près par Alec, j'ai fondu sur les zombies en hurlant à tue-tête :

– Lâchez-le ! Laissez mon grand-père tranquille !

Je courais les poings levés, sans penser à ma propre sécurité. D'ailleurs, je ne pensais plus du tout. Je savais seulement que je devais tirer mon grand-père des griffes de ces monstres.

Les zombies se sont retournés et papi Mo est resté bouche bée. Il a fait mine de s'avancer vers moi, mais les mains osseuses l'en ont empêché.

– Lâchez-le ! LÂCHEZ-LE ! ai-je encore crié, si fort que je me suis fait mal à la gorge.

Arrivé à quelques mètres, j'ai été saisi par l'odeur de mort des zombies, si épaisse et si acide que j'ai eu envie de vomir. L'un d'eux avait le visage divisé en deux, moitié chair putride, moitié os. Son voisin avait un œil qui pendait hors de son orbite géante.

Celui qui retenait mon grand-père était un zombie de haute taille, vêtu d'une chemise moisie. On voyait ses côtes sous son torse à moitié décomposé.

– LÂCHEZ-LE ! ai-je hurlé de plus belle.

Alors, trois des morts-vivants se sont dressés devant mon grand-père pour former un bouclier. Celui du milieu a ouvert grand la bouche et lâché un grondement menaçant. Il n'avait plus de langue.

– Kenny… va-t'en ! m'a lancé papi Mo. Ils… Ils… Ils ont faim !

– Je ne les laisserai pas te faire de mal, papi !

– Tu ne peux pas… les en empêcher, m'a-t-il répondu en haletant. Va-t'en ! Rentre à la maison !

– Non !

Les zombies grondaient et grognaient comme des animaux. L'un d'eux m'a menacé en brandissant le poing, et j'ai vu qu'il n'avait plus que deux doigts.

Avant que j'aie pu réagir, il s'est avancé et m'a saisi le bras. Puis il a approché son visage tout près du mien, si près que je distinguais les petits vers blancs qui entraient et sortaient de ses pommettes.

– N-non…, ai-je bredouillé en me débattant. Non… non… pitié…

Mais il tenait bon. Puis il a levé sa main à deux doigts et, lentement, il a fait glisser son index osseux le long de ma joue.

J'ai frissonné de la tête aux pieds.

Puis il a commencé à faire claquer ses dents d'un air affamé en passant sa langue déchiquetée sur ses lèvres pourries.

Dans un sursaut d'horreur, j'ai réussi à me libérer. J'ai vacillé en arrière.

Alec, jusque-là pétrifié par la peur, a eu le réflexe de me rattraper à la dernière seconde.

– Papi Mo..., ai-je soufflé.

Les trois grands zombies formaient toujours un écran devant lui. Je ne voyais pas comment le délivrer.

Soudain, suivant l'exemple du zombie à deux doigts, les cinq autres se sont mis en marche vers nous en tendant les bras devant eux pour nous capturer.

– Courez, les garçons ! Sauvez-vous ! nous a crié papi Mo. Vite ! Pour moi, il est trop tard. Mettez-vous à l'abri !

Les zombies avançaient toujours en écarquillant leurs yeux vitreux, et j'ai buté sur Alec en reculant. J'avais l'impression que ma poitrine allait exploser tellement mon cœur battait fort.

– Papi Mo... Sauve-toi ! Maintenant !

Mais il restait là sans bouger, les yeux rivés sur les zombies. Ils se rapprochaient toujours en traînant leurs pieds osseux. Leur odeur putride était plus suffocante qu'une benne à ordures.

– Sauve-toi, papi Mo ! ai-je crié une dernière fois.

Mais le pauvre semblait figé par la peur.

Les zombies n'étaient plus qu'à quelques mètres de nous.

Si on ne s'enfuyait pas tout de suite, on était fichus. Alors on a détalé en dérapant sur l'herbe humide. On était clairement plus rapides que ces zombies titubants. Mais qu'allait devenir papi Mo ?

Arrivés à la grille, on s'est arrêtés pour jeter un coup d'œil derrière nous, et on a vu les zombies entourer mon grand-père. Ils ne nous avaient même pas poursuivis. Ils avaient juste voulu nous faire fuir.

Refermant le cercle autour de lui, ils se penchaient déjà pour le dévorer.

– On ne peut pas le laisser comme ça ! ai-je gémi. Il faut faire quelque chose !

Mais quoi ?

37

– Allons prévenir tes parents ! a crié Alec.

Je n'arrivais plus à penser clairement, ni même à penser du tout. Mon grand-père allait se faire dévorer ! Mon cerveau était sur le point d'exploser.

Et brusquement, je suis reparti en courant vers papi Mo, si vite que mes baskets touchaient à peine terre. Je n'avais jamais été aussi rapide.

Je n'avais aucun plan. Je savais juste que je devais le sortir de là.

– Kenny, non ! ARRÊTE !

Les mains d'Alec m'ont agrippé les épaules pour me forcer à m'arrêter.

– Écoute, a-t-il repris, la respiration sifflante. On-on doit aller chercher de l'aide. On n'y arrivera ja-jamais tout seuls.

Nous étions au niveau de la grande pierre tombale que les zombies avaient encerclée, et derrière laquelle ils avaient caché papi Mo. Alors que je reprenais mon souffle, mes yeux sont tombés sur la stèle, et sur les mots qui y étaient gravés.

– Oh nooon…

Le texte était presque entièrement effacé et je n'arrivais pas à déchiffrer les dates de naissance et de mort, mais le nom restait clairement lisible :

MARIO MANZETTI

En gémissant, je me suis approché lentement pour m'assurer que j'avais bien lu. Mais il n'y avait pas d'erreur.

J'étais glacé d'horreur.

– Qu'est-ce qu'il y a ? m'a demandé Alec avec inquiétude.

– Mario Manzetti, ai-je articulé en désignant la stèle. C'est le nom de mon grand-père. C'est papi Mo.

38

Alec a ouvert la bouche, mais aucun son n'en est sorti.

– Il est mort, ai-je repris d'une voix chevrotante. C'est sa tombe ! Tu ne comprends pas ? Il n'a pas été capturé par les zombies. *C'est* un zombie !

– Mais…

– C'est pour ça qu'il est aussi obsédé par les zombies et qu'il sait tellement de choses sur eux. Parce qu'il en est un !

– Mais il a peur d'eux ! a objecté Alec. Il est totalement terrifié !

– À mon avis, il voulait nous empêcher de tout découvrir. En tout cas, ça expliquerait pourquoi il sort la nuit pour se rendre au cimetière : il va voir ses amis zombies ! Tu-tu te rends compte ? Ça signifie que j'habite avec un zombie ! Dire qu'on a monté cette patrouille débile, alors qu'un zombie vivait là, toute la journée, sous notre nez !

Alec me dévisageait avec de grands yeux.

– À ton avis, tes parents sont au courant ?

– Ça m'étonnerait. On doit les prévenir tout de suite !

Après avoir jeté un dernier regard aux mots à demi effacés gravés sur la stèle, je me suis élancé vers la maison. Comme Alec ne me suivait pas, je me suis retourné à mi-chemin de la grille.

– Tu ne viens pas ? lui ai-je lancé.

– Non ! Je rentre chez moi… Je… Je…

Et, sans finir sa phrase, il m'a dépassé en courant, a franchi le portail et filé en direction de chez lui. Je pouvais le comprendre. Il voulait juste se mettre à l'abri. C'était normal qu'il ne veuille pas venir chez moi… chez un mort-vivant !

En remontant les marches de mon perron, je me suis cogné le genou en trébuchant. Mais j'avais le cerveau tellement en vrac que je n'ai pas senti la douleur.

À l'intérieur, il faisait bon et ça sentait le café. J'ai entendu la télévision dans le salon. Le samedi, mes parents regardent toujours de vieux films jusque tard le soir.

Je me suis souvenu que ma sœur n'était pas là. Elle dormait chez une copine.

– Papa ! Maman ! ai-je crié en courant jusqu'au salon. J'ai besoin d'aide !

Ils étaient assis l'un contre l'autre sur le canapé et le bras de mon père entourait les épaules de ma mère.

Ils ont sursauté en même temps en me voyant débouler.

– Papa ! Maman ! C'est papi Mo !

– Kenny ? Où étais-tu ? m'a demandé mon père en se levant. Qu'est-ce qui se passe ?

– C'est… C'est papi Mo ! ai-je haleté. Il… Il est dans le cimetière. Il…

– Encore ! s'est exclamée ma mère.

– Il a dû faire des cauchemars, a dit mon père en quittant la pièce à grands pas.

– Je viens avec toi, a déclaré ma mère.

– Non, attendez ! Vous ne comprenez pas !

– On va le chercher ! m'a lancé mon père depuis l'entrée. Reste là, Kenny, on revient tout de suite !

Ils sont sortis en trombe en claquant la porte sans me laisser le temps d'en dire davantage.

Après une hésitation, j'ai renoncé à les rattraper. Ils m'avaient demandé de rester à la maison, et j'avais eu ma dose d'horreur dans le cimetière. Je restais là tout tremblant, secoué par des vagues de frissons.

J'ai fini par monter dans ma chambre. Peu à peu, les battements de mon cœur se sont calmés et ma respiration a ralenti. Mais chaque fois que je revoyais ce nom gravé sur la pierre tombale, mon rythme cardiaque s'affolait de nouveau.

Une fois dans ma chambre, j'ai enlevé mon jean et mon tee-shirt glacés pour mettre un jean propre et mon pull le plus chaud. Puis je suis allé à la fenêtre regarder ce qui se passait dans le cimetière.

Tout était plongé dans le noir. Je ne voyais personne. Ni mes parents ni papi Mo. J'avais beau plisser les yeux et me concentrer au maximum, je ne distinguais aucun mouvement nulle part.

Mes mains agrippaient encore le rebord de la fenêtre quand j'ai entendu des pas étouffés dans l'escalier. J'ai fait volte-face en criant :

– Papa ? Maman ? C'est vous ?

Pas de réponse.

– Vous l'avez trouvé ? Vous avez trouvé papi Mo ?

Toujours rien. Les pas montaient lentement l'escalier.

N'y tenant plus, je suis sorti dans le couloir.

– Qui est là ? ai-je appelé en avançant prudemment.

C'était papi Mo qui montait lentement, posément. Il a levé les yeux vers moi.

– Kenny, a-t-il dit dans une espèce de grognement rauque. Kenny. Te *voilà*.

J'ai crispé les mains sur la rampe.

Il y avait une étrange lueur dans ses yeux. Sa veste était ouverte, révélant un pull à col roulé taché. Il a monté une marche de plus. Encore une autre. Il s'est arrêté une seconde, avant de monter la suivante.

Il approchait toujours plus, sans me quitter des yeux. Il venait pour moi. Pour me prendre.

– Kenny…, a-t-il grogné de nouveau.

– Papi Mo… je connais la vérité, ai-je lâché. J'ai… J'ai vu la pierre tombale. Je sais tout, papi. Je sais tout.

Il a continué.

– Je suis désolé, m'a-t-il répondu, prenant tout à coup une expression menaçante. Je suis vraiment désolé que tu l'aies vue, Kenny.

39

Il a monté les dernières marches et atteint le palier. Soudain, la tristesse a envahi ses yeux.

– Je suis vraiment désolé, Kenny, m'a-t-il répété en me prenant par les épaules.

– S'il te plaît, non…, ai-je murmuré.

Je ne pouvais pas croire ce qui était en train de se passer. Comment pouvais-je être terrifié à ce point par mon propre grand-père ? Qu'allait-il me faire ?

– Je suis désolé, Kenny. Ça a dû être un choc terrible pour toi. Laisse-moi t'expliquer.

Je me suis tortillé pour me libérer.

– M'expliquer ?

– Le nom que tu as lu sur cette tombe… c'est celui de mon père.

– Quoi ?

– C'est la tombe de mon père. Il s'appelait Mario Manzetti. Moi, je suis Mario Manzetti Junior.

Je le fixais, la respiration saccadée.

– Il est mort à la guerre, en 1944, a-t-il repris. Je n'étais qu'un gamin, à l'époque. J'avais à peu près ton âge, tiens. On a ramené son corps à Franklin Village et il a été enterré ici, en face de chez lui.

J'étais toujours incapable de parler.

– Et tu as cru que c'était ma tombe ? a-t-il ajouté en me tapotant l'épaule. Ça a dû être terrifiant.

– Je… Je ne savais pas quoi penser, ai-je bredouillé.

– Ma vie n'a pas été gaie dans cette maison, a repris papi Mo en soupirant. Quand mes cauchemars ont commencé, je n'arrivais pas à faire la différence entre les rêves et la réalité. Il fallait que je m'en aille. Alors je suis parti en Alaska. J'essayais de fuir mes cauchemars. Personne dans la famille n'a jamais su où j'étais.

– Je suis désolé, papi, ai-je marmonné.

– Mais je n'ai pas pu échapper aux zombies. Ils m'avaient suivi. Ils me harcelaient. Ils me traquaient sans répit dans mes rêves. Ils me voulaient. Ils se cachaient dans un tunnel secret, attendant l'occasion d'en sortir pour me capturer. C'était effrayant. Alors j'ai fini par revenir pour essayer de découvrir la vérité. Mais cette nuit…

– C'étaient de vrais zombies, dans le cimetière, ai-je complété. Et ils t'ont attrapé. Comment as-tu réussi à leur échapper, papi ?

Mon grand-père a fermé les yeux, et j'ai compris qu'il les voyait encore dans sa tête.

– Comme je n'arrivais pas à dormir, j'étais sorti faire un tour. Et alors que je passais devant la tombe de mon père, ils m'ont attrapé par surprise. Ils ont surgi de nulle part et bondi sur moi.

– C'étaient les mêmes que ceux de tes rêves ?

Il a secoué la tête.

– Non, je ne les connaissais pas. Et ils avaient faim, tu comprends ? Après vous avoir fait fuir, ton copain et toi, ils m'ont entraîné. Ils voulaient me dévorer.

– Manger ta chair ?

Papi Mo a eu un petit rire.

– Ils avaient faim, mais pas à ce point-là. Regarde-moi, Kenny : je n'ai plus que la peau sur les os. Ils n'auraient pas eu grand-chose à manger.

Il fallait admettre qu'il avait raison.

– Alors ils m'ont laissé partir et ils ont filé à la recherche de quelqu'un d'autre à dévorer.

– On doit prévenir papa et maman ! me suis-je exclamé.

– Ils ne nous croiront jamais. Et puis je ne veux pas les effrayer. Tes parents ne voulaient pas s'installer ici, Kenny. Ils détestent cette ville et ils détestent cette maison. Mais ils se sentent obligés de s'occuper de moi. Si tu leur parles des zombies du cimetière…

– Bon, d'accord, ai-je répondu. Et je n'en parlerai pas non plus à Tricia. Mais qu'est-ce qu'on fait si… ?

J'ai été interrompu par le bruit de la porte qui s'ouvrait.

– Kenny ? a appelé mon père. Tout va bien ? On n'a pas retrouvé papi.

– Je suis là ! lui a lancé papi Mo. Je suis avec Kenny. Pardon de vous avoir fait peur ! On va bien tous les deux.

Mes parents nous ont regardés depuis le bas de l'escalier.

– Tu es sûr que ça va, papa ? a demandé mon père.

– Parfaitement.

Mais ça n'allait pas du tout, bien sûr. Cette nuit horrible n'était que le début de nos ennuis avec les zombies.

40

– Franklin Village est-il la scène d'un film d'horreur devenu réalité ? L'apocalypse des zombies dont on parle tant aurait-elle commencé dans notre ville ? Ici Bryan Reynolds pour « Témoins en direct ». Je suis en compagnie du capitaine Maynard Welles, qui a une histoire terrifiante à nous raconter.

J'ai monté le volume de la télévision. Je me trouvais au salon avec Tricia, qui lisait un livre pour le collège installée sur le canapé. L'annonce du journaliste m'avait fait sursauter.

– Kenny, tu peux baisser, s'il te plaît ? Je n'arrive pas à me concentrer.

J'ai monté le son encore plus fort en lui faisant signe de se taire. Le capitaine Welles était un type trapu et rougeaud vêtu d'une chemise hawaïenne, qui parlait d'une voix rauque.

– Je n'étais pas de service hier soir. Je revenais de chez des amis quand j'ai vu des zombies menacer deux femmes. Ça s'est passé devant un terrain vague, au croisement de Terrace et de la Grand-Rue. Sur le coup, j'ai cru qu'ils tournaient une scène pour un film. Comme dans cette série qui fait un carton, là, *Walking Zombies*.

– Mais ensuite, vous vous êtes rendu compte que les deux femmes avaient vraiment des ennuis ? a questionné le journaliste.

– Mes collègues ne me croient pas, a admis Welles. Mais je peux vous assurer que ces zombies n'étaient pas des gars déguisés ni maquillés. C'étaient des vrais de vrais ! J'ai senti l'odeur en m'approchant, et j'ai vu que leurs corps étaient à moitié pourris. Ça m'a même donné la nausée.

– Êtes-vous un fan de zombies ? a demandé le journaliste.

– Pas du tout ! a répondu le capitaine en secouant la tête avec énergie. Encore moins après hier soir. Franchement, j'avais aussi peur que les deux victimes.

– Et qu'avez-vous fait ?

– Je n'avais pas le temps d'appeler les renforts, a répondu le capitaine. C'était une urgence. Je leur ai lancé un avertissement, mais ils n'ont pas réagi.

Alors je les ai attaqués. Mais ils n'avaient pas l'air de sentir la douleur.

– Parce qu'ils étaient déjà morts ?

Le capitaine a hoché la tête.

– C'est ce que je pense, oui. Au moins, ils ont lâché les victimes et ils se sont enfuis. Je les ai poursuivis jusqu'au cimetière d'Ardmore et je les ai vus s'enfoncer dans la terre. Et je suis resté là, à me demander ce que je venais de voir. J'étais sonné.

Tricia s'est emparée de la télécommande.

– Arrête un peu avec tout ça, m'a-t-elle lancé en éteignant. Je dois finir de lire ce livre avant lundi.

J'ai tenté de lui prendre la télécommande des mains, mais elle l'a cachée derrière son dos.

– Tu as vu de quoi ils parlaient, Tricia ? Ils disent qu'il y a de vrais zombies à Franklin Village !

Ma sœur a levé les yeux au ciel.

– Franchement, Kenny, tu crois tout ce qu'ils racontent à la télé ? Dans deux jours, c'est Halloween. C'est logique qu'ils se jettent sur ce genre d'histoire.

– Mais le témoin est un flic !

– Toi, tu passes trop de temps avec Alec. Au fait, vous avez fini d'aménager la cave ? Il fallait déplacer les chaises, tu te souviens ?

Je l'ai dévisagée, l'esprit ailleurs. Ma vraie préoccupation était la nuit où j'étais tombé sur les zombies, pas les guirlandes en papier crépon. Soudain, je me suis revu dans le cimetière avec le zombie géant, dont je sentais encore le doigt froid glisser le long de ma joue.

– On devrait peut-être changer de thème, finalement, ai-je suggéré.

– T'es dingue ? s'est exclamée Tricia. Ce n'est plus le moment de changer. Halloween, c'est dans deux jours !

– Mais est-ce qu'on tient vraiment à être envahis par des dizaines de zombies ? ai-je insisté.

– Arrête, Kenny, a-t-elle répliqué en plissant les yeux.

Du coup, c'est exactement ce qui s'est passé : deux soirs plus tard, des dizaines de zombies se sont déversés chez nous.

41

– Tu vois ? Il n'y avait vraiment pas de quoi s'inquiéter, a souligné Tricia le fameux soir. Elle est géniale, cette fête !

Elle a repoussé son voile sanguinolent et ajusté sa robe de mariée en lambeaux. Son visage était à moitié recouvert de faux sang et elle s'était peint de grands cercles noirs sous les yeux pour faire ressortir ses orbites.

– J'ai compté quatre mariées zombies, a-t-elle repris. Sois honnête : je ne suis pas la morte-vivante la plus crédible du lot ?

– Si, absolument, ai-je acquiescé. Tu es très convaincante.

J'étais sincèrement content que Tricia s'amuse. Et cela semblait être le cas de la plupart des morts-vivants qui s'entassaient dans notre sous-sol.

Même Alec, qui savait trop bien à quel point les zombies pouvaient être terrifiants, avait l'air ravi. Il avait même dansé avec ma sœur, un spectacle auquel je n'aurais jamais cru assister. Il portait une casquette rouge qui avait l'apparence d'un crâne en sang, et une main de squelette dépassait d'une manche de son tee-shirt blanc parsemé de taches sombres.

On avait mis la musique tellement fort que mes parents n'avaient pas voulu descendre. La pizza était bonne et tout le monde appréciait les biscuits et les cupcakes orange.

On avait évidé des citrouilles dans lesquelles les flammes des bougies exécutaient une danse satanique et j'avais accroché au plafond des bataillons de chauves-souris en carton. Notre sous-sol avait vraiment un air de fête… de zombies, évidemment.

C'était une super soirée. Je devais être le seul à ne pas en profiter.

Je n'arrêtais pas d'observer les visages des nouveaux arrivants quand ils atteignaient le bas des marches. C'était plus fort que moi, j'avais peur que de vrais zombies s'infiltrent dans notre fête. Les mises en garde de papi Mo n'avaient rien fait pour me rassurer.

On avait organisé cette soirée pour se faire de nouveaux amis, mais j'étais incapable de me détendre assez pour aller parler aux gens.

J'ai sursauté en voyant arriver un garçon vêtu d'un tee-shirt qui exposait tous les os de sa cage thoracique. Lorsqu'il s'est avancé sous la lumière, j'ai vu qu'il s'agissait d'un tee-shirt squelette fluo.

Les globes oculaires du suivant pendaient de son front. Je lui ai demandé comment il les avait collés. Il m'a répondu que c'étaient des vrais avant de grogner et de faire semblant de me mordre.

C'était drôle, et pourtant je n'ai pas réussi à rire. Moi qui n'avais jamais cru aux zombies de toute ma vie, maintenant, j'y croyais pour de bon, et je n'avais aucune envie d'en croiser pour de vrai ce soir-là.

Ça m'a fait plaisir quand papi Mo est venu se joindre à nous.

– Je ne reste pas longtemps, m'a-t-il annoncé en descendant les dernières marches une par une, agrippé à la rampe. Mais j'ai envie de voir des jeunes s'amuser.

– Cool ! Viens t'asseoir, papi.

Le prenant par le bras, je l'ai guidé jusqu'au canapé, dont j'ai chassé quelques jeunes pour lui faire de la place. Je lui ai fait signe de s'installer, avant de me raviser.

– Attends, papi. Le canapé est trop près des danseurs.

Alec est venu m'aider et on a reculé le vieux meuble d'environ un mètre. On a eu du mal. Il pesait une tonne.

– Merci, Kenny, m'a dit mon grand-père.

À ce moment-là, mon regard est tombé sur quelque chose par terre. Au bout de quelques secondes, j'ai compris que c'était une trappe, recouverte jusque-là par le canapé.

– Hé ! ai-je crié en la voyant se soulever brusquement.

Qui donc pouvait se trouver là-dessous ?

Sans réfléchir, je me suis approché pour regarder à l'intérieur.

Et ce que j'ai vu m'a pétrifié. C'était une fille d'environ mon âge, aux cheveux blonds coupés court. Elle a levé la tête vers moi… et mon estomac s'est retourné.

Elle n'avait plus de joues. Ses yeux verts étaient enfoncés profondément dans leurs orbites.

Soudain, elle a tendu les mains — des mains si maigres que les os transperçaient la peau. Elle les a repliés autour de mes chevilles et elle a serré… serré… Puis, avec une poigne de fer, elle s'est mise à me tirer vers le trou.

42

– Lâche-moi ! ai-je hurlé.

Mais la musique était si forte que personne n'a dû m'entendre. Tout le monde continuait à danser autour de moi.

Je me suis débattu afin de libérer mes jambes, mais la fille zombie avait vraiment une force stupéfiante. Elle a encore tiré d'un coup sec. Cette fois, mes pieds ont basculé dans le vide et j'ai commencé à glisser.

– Au secours ! À l'aide ! ai-je crié, totalement paniqué.

Repérant une échelle de corde dans l'ombre du trou, je l'ai attrapée au vol et me suis démené pour remonter. Mais la fille me tirait toujours vers le bas. J'ai dégringolé et percuté le sol avec un bruit sourd.

J'avais atterri sur de la terre battue. La seule lumière venait de l'ouverture et il faisait très sombre. Je devais être dans une sorte de grotte ou de tunnel.

La fille m'a relevé rudement. Ses cheveux formaient de grosses mèches tout emmêlées. Elle avait un petit menton pointu… et un trou à moitié pourri à la place du nez. Elle m'a fait penser à un elfe. Un elfe mort-vivant.

Elle m'a plaqué contre le mur et a approché son visage du mien.

– Non… pitié ! Pitié ! Lâche-moi !

Elle sentait la viande avariée. Ses lèvres étaient déchiquetées et il lui manquait les dents de devant.

– Mario… a-t-elle lâché d'une voix rauque. Tu as oublié ?

– Non ! ai-je soufflé. A-attends !

– Mario… C'est moi, Ivy. Ton amie, que tu as abandonnée ici aux mains des zombies. Je t'attendais. Je t'attendais depuis longtemps.

– Non, non… tu te trompes, ai-je répondu d'une voix étranglée. Tu…

Ses doigts ont serré mes bras jusqu'à ce que j'aie envie de hurler.

– Mario, pourquoi m'as-tu abandonnée ici ? Pourquoi m'as-tu abandonnée ? Pourquoi t'es-tu enfui en me livrant aux zombies ?

– M-mais non, ai-je bredouillé. Ce n'était pas moi ! Je ne suis pas Mario. Écoute-moi…

– Je t'avais dit que je me vengerais, Mario. Tu as l'air en pleine forme, a-t-elle ajouté en étirant ses lèvres déchirées dans un sourire tordu. Très *appétissant !*

Et elle s'est penchée vers mon épaule en ouvrant grand la bouche.

43

J'ai fermé les yeux en me préparant à l'horrible douleur de la morsure.

Mais soudain, j'ai entendu une voix au-dessus de ma tête.

– Ivy ? C'est toi ?

Elle s'est retournée vivement et on a vu papi Mo, qui s'est mis à descendre prudemment l'échelle de corde.

Ivy le suivait des yeux sans me lâcher.

– Ivy ? a répété mon grand-père en arrivant en bas. C'est bien toi ?

– Qui êtes-vous ?

– Je suis Mario. Tu ne te souviens pas de moi ?

La fille a lâché un grondement féroce.

– C'est lui, Mario ! a-t-elle répliqué en me désignant du menton. Tu crois que je ne le reconnais pas ?

– Mais non ! ai-je protesté. Je te dis que je ne suis pas…

– Ce n'est pas Mario, a repris mon grand-père. C'est vrai qu'il ressemble beaucoup au garçon que j'étais à douze ans. Mais lui, c'est Kenny, mon petit-fils.

La fille a ouvert la bouche de surprise en desserrant l'étau de ses mains autour de mes bras, et elle a dévisagé mon grand-père.

– Noooon ! Ce n'est pas possible ! Tu ne peux pas être Mario ! Tu es vieux ! Tu es bien trop VIEUX !

– Mais, Ivy, a raisonné mon grand-père, tu es restée jeune parce que tu es morte ici à douze ans ! Tandis que moi, je…

– Je t'ai attendu pendant tout ce temps ! a dit Ivy d'une voix tremblante. Et maintenant, tu es vieux ! Bien trop vieux !

Elle a commencé à s'arracher les cheveux.

– Non ! Non ! Tu es trop vieux ! Je ne veux pas de toi. C'est lui que je veux manger ! Je veux *Mario !*

Puis, avec un cri aigu, elle nous a tourné le dos et s'est éloignée d'un pas chancelant dans l'obscurité.

Papi Mo et moi sommes restés longtemps sans bouger à fixer le noir. Les cris d'Ivy continuaient à résonner sur les parois du tunnel.

– Partons d'ici, m'a dit doucement mon grand-père au bout d'un moment.

Il m'a donné une poussée pour m'aider à grimper l'échelle de corde. Puis je lui ai tendu la main pour l'aider à mon tour.

– Maintenant, je sais de quoi j'ai rêvé pendant toutes ces années, a-t-il déclaré une fois parvenu en haut. Je rêvais d'Ivy… De cet horrible soir, il y a si longtemps…

Puis, sans cesser de secouer la tête, il m'a souhaité bonne nuit et il est remonté de la cave.

J'ai lâché un long soupir. Je sentais encore les doigts osseux de la fille zombie sur mes bras, je voyais encore son visage à moitié dévoré…

– Où t'étais passé ? m'a demandé Alec en surgissant devant moi. Tout le monde te cherchait.

– Si je te le disais, tu ne me croirais pas, ai-je commencé.

Mais un cri aigu m'a interrompu.

Un deuxième cri a résonné presque aussitôt dans la cave. Les gens ont arrêté de danser. De nouveaux cris ont éclaté un peu partout.

Je me suis retourné… et j'ai vu le grand zombie s'avancer dans la pièce en titubant. Déjà, un autre mort-vivant arrivait en haut de l'échelle de corde.

La trappe !

– Oh noooon !

J'avais oublié de la refermer.

Maintenant, les zombies, tous les zombies affamés du cimetière, pénétraient dans notre sous-sol… infestaient ma maison !

Et c'était moi qui les avais laissés entrer.

Bavant, grognant, tendant leurs mains écorchées et pourries, ils ont avancé en titubant et acculé tous les invités hurlants contre les murs.

– Faiiiiim… Si faiiiiim…

Tout à coup, ma sœur s'est précipitée sur moi.

– Kenny ! C'était ton idée, ça ? Tu es en train de gâcher la fête avec ta blague idiote !

– Ce… Ce n'est pas une blague, Tricia.

– Alors fais quelque chose !

Ha ! C'était facile à dire.

44

Les zombies se sont alignés en face des invités en claquant des mâchoires d'un air avide. Tout le monde hurlait.

Brusquement, j'ai eu une idée.

J'ai tiré Alec à l'écart.

– Les Cervelles de zombie ! ai-je sifflé. Tu te rappelles, le chien, au cimetière ? Peut-être que les bonbons plairaient aussi aux zombies.

– Mais je n'en ai pas, Kenny ! m'a-t-il répondu en tapant sur ses poches. Je n'en ai pas apporté.

J'ai fouillé mes poches avec des mains tremblantes, mais je n'en avais pas non plus.

C'est alors que mes yeux se sont posés sur la table du buffet. Mais oui ! On en avait rempli deux grands saladiers pour nos invités !

– Alec, viens m'aider ! me suis-je exclamé en l'entraînant derrière moi.

Ayant pris chacun un saladier, on a traversé la pièce en courant et on a pilé devant les zombies.

– Faim ! ai-je crié en agitant le saladier sous leurs nez. Faim !

Puis j'ai jeté quelques Cervelles de zombie par terre.

Comme ils ne bougeaient pas, j'en ai jeté une nouvelle poignée.

Et j'ai attendu.

Ça m'a semblé durer des heures.

Enfin, les zombies ont réagi. Se jetant sur les bonbons, ils les ont saisis à pleines mains et les ont aussitôt fourrés dans leurs bouches béantes. Puis ils se sont mis à se rouler les uns sur les autres et à se battre pour s'emparer des friandises.

– Ouaiaiais !! ai-je lâché triomphalement.

J'ai de nouveau jeté quelques poignées de bonbons et les zombies les ont ramassés en se traînant à quatre pattes. Ils se marchaient dessus et se tiraient les cheveux pour se servir avant les autres.

Alec et moi avons reculé lentement jusqu'à la trappe.

– Faim ! ai-je répété. Tenez ! Faim !

Puis j'ai renversé le saladier, dont tout le contenu est tombé dans l'ouverture. Alec m'a imité.

Au milieu des grognements et des beuglements, les zombies ont commencé à se pousser pour plonger la tête la première dans le trou.

Dès que le dernier mort-vivant a disparu, on a refermé la trappe.

– Vite ! ai-je crié. Le canapé !

À toute vitesse, on a repoussé le meuble pesant à sa place au-dessus de la trappe.

– Ils sont partis ! ai-je lancé en levant les poings dans un geste de victoire.

Alec et moi, on s'est fait un check et on s'est mis à danser d'excitation.

Puis on s'est tournés vers les autres, qui restaient collés contre le mur, pâles et silencieux.

Vite, Kenny, trouve quelque chose pour sauver la soirée ! me suis-je dit.

– Alors, ça vous a plu ? leur ai-je lancé. Ce sont des gars du lycée qu'on a engagés pour que notre fête d'Halloween soit la plus flippante de toutes. Ils sont forts, hein ?

Quelques jeunes ont ri. Quelques autres ont applaudi.

– Kenny, tu es le plus grand menteur du monde, m'a chuchoté Alec.

– Eh oui, je suis le champion ! J'ai vraiment l'impression qu'ils me croient.

Et j'ai lancé à la cantonade :

– Allez, musique ! La fête continue !

Aussitôt, Tricia m'est tombée dessus.

– C'est une plaisanterie ? Tu as vraiment engagé des gars ? Sérieusement ?

– Ben oui ! Et puis on avait envie de te faire une surprise !

– Pas mal, a-t-elle approuvé. Leurs costumes étaient dingues. Et c'est vrai que ça a mis de l'ambiance.

– Content que ça t'ait plu, ai-je dit en m'essuyant le front.

Si elle avait su…

À ce moment-là, des gens sont arrivés en bas de l'escalier et je suis allé les saluer. Je me suis arrêté à trois mètres d'eux en les reconnaissant.

Trevor ? Trevor et ses parents !

Est-ce que j'avais invité Trevor ? Possible.

Mais je n'avais clairement pas invité ses parents.

– Bonsoir ! ai-je lancé. Ravi que vous ayez pu venir. Mais… vous ne vous êtes pas déguisés en zombies.

Ils se sont approchés de moi en souriant.

– En voyant les cercueils, tu nous as pris pour des zombies, m'a répondu Trevor. Mais tu te trompais complètement, Kenny. On n'est pas des morts-vivants.

– Euh… tant mieux, ai-je bafouillé.

– On n'est pas des zombies. On est des vampires.

Puis, la bouche ouverte sur de longs crocs recourbés, ils se sont avancés tous les trois dans la pièce en tendant les bras. Les invités ont recommencé à hurler.

Chair de poule®

MONSTERLAND

1. La planète des nains de jardin
2. Le fils de Slappy
3. Comment j'ai rencontré mon monstre
4. Le chien de Frankenstein
5. Le docteur Maniac va vous recevoir
6. La prof de la mort
7. Cauchemar à Clown Palace
8. La nuit des marionnettes géantes
9. La créature des marais
10. Le reptilien d'Oz

Chair de poule®

1. La malédiction de la momie
2. La nuit des pantins
3. Dangereuses photos
4. Prisonniers du miroir
5. Méfiez-vous des abeilles !
6. La maison des morts
7. Baignade interdite
8. Le fantôme de la plage
10. La colo de la peur
11. Le masque hanté
14. Le pantin maléfique
16. Le fantôme d'à côté
17. Sous-sol interdit
20. Souhaits dangereux
23. Le retour du masque hanté
27. Comment ma tête a rétréci
29. Le fantôme décapité
32. Les fantômes de la colo
34. Comment tuer un monstre ?
35. Le coup du lapin
36. Jeux de monstres
37. Nuits de cauchemar
41. Le mangeur d'hommes
42. La colo de tous les dangers
43. Les vers contre-attaquent
44. Abominables bonshommes de neige
45. Danger, chat méchant!
47. L'école hantée
51. Le jumeau diabolique
52. Un film d'horreur
55. L'invasion des extraterrestres, I
57. Le manoir de la terreur
60. Un loup-garou dans la maison
61. La bague maléfique
67. La voiture hantée
73. La nuit des disparitions
74. Le fantôme du miroir

Composition et mise en pages
Nord Compo à Villeneuve-d'Ascq